中國傳統 經典與解釋

Classici et commentarii

中國傳統 經典與解釋

入其國，其教可知也……其爲人也：溫柔敦厚而不愚，則深於《詩》者也；疏通知遠而不誣，則深於《書》者也；廣博易良而不奢，則深於《樂》者也；絜靜精微而不賊，則深於《易》者也；恭儉莊敬而不煩，則深於《禮》者也；屬辭比事而不亂，則深於《春秋》者也。

——《禮記・經解》

中國傳統　經典與解釋

Classici et commentarii

陳柱集

李爲學　潘林◉主編

白石道人詞箋平

陳柱◉編　陳曄◉校注

華東師範大學出版社

華東師範大學出版社六點分社　策劃

出版説明

陳柱(1890-1944),字柱尊,號守玄,廣西北流人。師從著名學者唐文治先生,先後任暨南大學、交通大學、中央大學等學校教授。作為民國時期的國學巨擘,陳柱先生為學不主一家,不專一體。所著經史子集之屬,遠有所稽,近有所考,明源流本末,辨義理辭章,且多能與現代思想相發明,闡發宏深,實開國學之新境界。"予自治學之年,好治子部……鼎革以後,子學朋興,六藝之言,漸如土苴,余性好矯俗,乃轉而治經"——依其自言,庶幾可見其治學路徑。陳柱"出筆迅速,記憶力和分析能力又強",且"闡發宏深,切中時勢,摵砭末俗,激勵人心,入著述之林,足為吾道光"(唐文治語)。

陳柱先生一生撰述宏富,自 1916 年後的二十餘年間,計成書"百餘種,蓋千餘萬言"。其中以《子二十六論》、《公羊家哲學》、《老子集訓》、《文心雕龍增注》、《墨學十論》、《中國散文史》等書最為精闢。由於時值戰亂期間等各種原因,陳柱著述生前刊布流通者不過數十種。其餘以講義、家藏刻印等形式所存文稿,大多湮默無聞,實為學界之憾。現經多方鉤沉,將陳柱生前所刊著述並其家屬所藏文獻,一併編次付梓,依篇幅大小並題旨編成若干卷(同類篇章以篇幅最大者具名,涵括相關短制),以期陳柱學述重光於世。

"陳柱集"編輯構想原由中山大學中文系李棨明教授設計,並查索和複製了不少文獻。李棨明教授因有別的研究專案而擱置计划后,重慶大學人文社會科學高等研究院古典學研究中心承接"陳柱集"校注的組織工作,繼續查索和複製文獻,並得到陳柱先生女兒陈蒲英女士的熱情幫助。對李棨明教授所做的前期工作,以及陈蒲英女士的熱情幫助,謹此致以衷心的感謝。

由於"經典與解釋"系列叢書具有普及古典學術的性質,我們對書中出現的當今普通文科生感到陌生的字詞、人物、地名、事件以及典章制度作了簡明注釋,即便這些在文史專業人士眼裏是常識。

古典文明研究工作坊
中國典籍編注部己組
2014 年 2 月

目　　錄

白石道人詞箋平

卷三

卷四(白石道人詞)

卷五(白石道人詞)

卷六(白石道人詞)

卷七(白石道人詞)

卷八(白石道人詞)

校注説明

陳柱先生一生著作等身，淹博文史、學兼四部。其編著《白石道人詞箋平》一書，與詞學名家夏承燾先生《姜白石詞編年箋校》相比，資料詳贍、用力多寡固然有別，要之，其先導之功亦不可沒，應該是關於姜夔詞的最早標點注本①。同時，本書也是探究二十世紀詞學研究史、把握陳柱先生學術思想之重要文獻。關於這本著作的基本情況，張高寬等人主編《宋詞大辭典》專列條目介紹為：

《白石道人詞箋評》，陳柱編纂。上海商務印書館印行。1930年11月初版。32開本，148頁，4萬3千餘字。白石道人即姜夔。全書8卷，一至三卷為“版本考”、“白石道人事略”、“白石道人文藝之批評”。以下為詞選，凡83首，即令32首，慢20首，自度曲9首，自製曲4首，別集18首。據光緒十年許增刊本《白石集》，刪卻原集“宋鐃歌鼓吹、越九歌、琴曲”

---

① 陳子善、徐如麒編選：《施蟄存七十年文選》，上海文藝出版社1996年版，第755頁；金開誠、葛兆光：《古詩文要籍敘錄》，中華書局2012年版，第471頁。

> 2 卷，與各本異同者則别加注之。本書之“版本考”，著錄有“雲間錢希武本”、“陶南村校錄葉居仲本”、“毛晉汲古閣本”、“鄭文焯本”等 19 種，並附沈遜齋本 6 卷目錄，與許刻 4 卷别集 1 卷目錄比較表，均有一定參考價值。其“事略”，附載有乾隆寫本九真姜氏世系表及年譜。“批評”則采自諸家，有《齊東野語》、《硯北雜誌》等，實為匯評。[①]

雖然陳柱先生自己的論斷在書中的比重並不高，但其徵引的前人評議或僅賴本書流傳，如晚清著名詞家鄭文焯對姜夔詞版本考證就是這種情況。孫克強、楊傳慶輯鄭氏《大鶴山人詞話》一書就提及：“《白石道人詞箋平》卷一《版本考》中收錄了鄭文焯對其所見白石詞集各種版本的考察，體現了鄭氏對白石詞集版本的評騭及對版本流傳的梳理。”[②]

本書在 1930 年出版後，僅 1934 年重印一次，本次校注即以商務印書館 1930 年排印本為工作底本，參考夏承燾、陳書良等先生的晚近研究成果[③]，以期為今人研讀該書提供方便、可靠的文本。這里且將校注方面需要交代的分條説明如下。

一、全書採用繁體横排，施以現代標點。

二、對於本書難解字詞、人名地名、典章制度等，作必要的注釋，但如李白、杜甫、蘇軾、王安石等眾所周知的人物不再出注。其中新增注釋文字較短者採用夾注形式，加括號以與原注相區别；文字較長者及校勘記，採用腳注形式。

---

① 張高寬、王玉哲、王連生、孟繁森主編：《宋詞大辭典》，遼寧人民出版社 1990 年版，第 939-940 頁。

② 鄭文焯著，孫克強、楊傳慶輯校：《大鶴山人詞話》，南開大學出版社 2010 年版，第 55 頁。

③ 姜夔著，夏承燾箋校：《姜白石詞編年箋校》，上海古籍出版社 1981 年版；姜夔著，陳書良箋注：《姜白石詞箋注》，中華書局 2009 年版。

三、原書正文中引詩、引詞一般注出全文及出處,注文僅註明出處。另,原本引文多為節引,除文意不暢者略作説明外,一般不作處理。

四、原書異體字、通假字等均保留,並隨文註釋通某或同某。至於原文的訛誤,加校記予以説明。

五、原書部分"詞"標點與今通行者有異,這次整理擇善而從,對於差異較大者,也通過注釋存其原貌。

最後要説的是,由於整理者水平有限,本書肯定存在諸多不完善之處,敬請讀者諸君不吝賜教。

重慶大學中央高校基本科研業務費資助(項目號:CQDXWL-2013-Z007)

自　序

余於白石詞,向未嘗為統系之討究,亦未嘗為分析之精研,唯時時歌誦而已。

且嘗以為讀古人文學書,當有求知與求能之別。求知者,對於其人之生平,其書之版本,其文之異同,其作之先後,凡斯之類,皆當殫精竭慮以求之。若夫,欲欣賞其文學之幽玅(同"妙");領略其筆墨之神境;攬古人之菁華,助吾儕(chái,同輩)之創作;斯則求能之事,要在優游涵泳,日夕歌誦,始則與古為徒,繼乃與天為徒,而後乃有得耳。余病寡陋,於茲二事,愧難為役;唯嘗於吟詠之餘,偶有所獲,隨錄簡端,時日漸久,丹黃(舊時點校書籍用朱筆書寫,遇誤字,塗以雌黃,故稱點校文字的丹砂和雌黃為丹黃)愈雜。客有見者,曰:"今方崇尚研詞,盍(hé,何不)迻(同"移")錄為書,共諸同好。"爰從其語,集成茲編。其諸疏漏,知所不免,世有專家,幸匡補焉。

民國十八年(1929)七月北流陳柱柱尊

例　言

一、《白石集》通行本四卷。卷一為《聖宋鐃歌鼓吹》①、《越九歌》②、琴曲，卷二為令（詞調、曲調名，即小令，又稱令曲，一般字少調短），卷三為慢③，卷四為自製曲④，後附别集。沈遜齋⑤景宋本（即

① 四庫全書本《白石道人歌曲》卷一載其序稱："臣聞鐃歌者，漢樂也。殿前謂之鼓吹，軍中謂之騎吹，其曲有《朱鷺》等二十二篇。由漢逮隋，承用不替，雖名數不同，而樂紀罔墜，各以詠歌祖宗功業。唐亡鐃部，有柳宗元作十二篇，亦棄弗錄。神宋受命，帝績皇烈，光耀震動，而逸典未舉。迺政和七年，臣工以請，上詔製用，中更否擾，聲文罔傳。中興文儒，薦有擬述，不麗於樂，厥誼不昭。臣今製曲辭十四首，昧死以獻。臣若稽前代鐃歌，咸敘威武，衄人之軍，屠人之國，以得土疆，乃矜厥能。惟我太祖、太宗、真、仁、高宗，或取或守，罔匪仁術，討者弗戮，執者弗劉，仁融義安，歷數彌永。故臣斯文，特唱盛德，其辭舒和，與前作異。臣又惟宋因唐度，古曲墜逸，鼓吹所錄，惟存三篇，譜文乖訛。因事制辭，曰導引曲、十二時，六州歌頭，皆用羽調，音節悲促；而登封岱宗、郊祀天地、見廟、耕藉、帝后冊寶、發引、升祔、五禮殊情，樂不異曲，義理未究。乞詔有司取臣之詩，協其清濁，被之簫管，俾聲暢辭達，感藏人心，永念宋德，無有紀極，海内稱幸。"又，夏承燾《姜白石詞編年箋校》箋云："《鐃歌鼓吹曲》與《越九歌》皆非詞體，白石以為詞集壓卷，其意殆欲推尊詞體以上承古樂府"。

② 《九歌》為《楚辭》篇名，是屈原據民間祭神樂歌改作或加工而成，共十一篇。四庫全書本《白石道人歌曲》卷一載《越九歌・序》稱："越人好祠，其神多古聖賢，予依《九歌》為之辭，且系其聲，使歌以祠之。"

③ "慢"即"慢詞"，依曲調舒緩的慢曲填寫的詞，一般都比較長，最短的《卜運算元慢》也有八十九字。宋初的詞主要是小令。在柳永以後，長篇的慢詞才開始流行。

④ "自製曲"即"自度曲"，指在舊詞調之外新創作的詞調，這要求詞人通 （转下页）

影宋本,依據宋本書影刻)六卷。卷一為《皇朝鐃歌鼓吹曲》、琴曲,卷二為《越九歌》,卷三為令,卷四為慢,卷五為自度曲,卷六為自製曲(一般認為既稱"自度曲",又稱"自製曲",是編集時偶然沒有統一),而無別集。今刪其《鐃歌鼓吹》、《越九歌》及琴曲二卷,而錄令為一卷,慢為一卷,自度曲為一卷,自製曲為一卷,別集為一卷,共五卷,略為箋平(同"評"),名曰《白石道人詞箋平》。

一、本書文字,悉依光緒十年許增① 刊本,其各本異同別注之。

一、姜詞旁譜(指姜夔自製的詞曲),已不能用於今,故不復錄入。欲考古者,各本具在,故亦無取於茲編。

一、本書箋平,均平日讀姜詞時,隨筆記錄,詳略頗不畫一,讀者諒之。

(接上页注④)曉音律。宋人王觀國《學林·度曲》稱:"所謂'自度曲'者,能製其音調也。"北宋柳永、周邦彥皆多自度曲。

(接上页注⑤)沈遜齋即沈曾植(1850-1922),字子培,號巽齋,別號乙盦,又自號遜齋居士,浙江嘉興(今屬浙江)人。光緒六年(1880)進士,歷任刑部主事、員外郎、郎中、江西廣信、南昌知府、總理衙門章京、安徽提學使,署布政使。後改任上海南洋公學監督,1910年,因病乞休。辛亥革命後,以遺老自居,歸隱上海,號其樓為海日樓。1917年,回應張勳,赴北京預謀溥儀復辟。1922年卒,年七十二歲,諡誠敏。沈氏博古通今,"於學無所不窺",為一代朴學宗師,是著名的蒙元史地學者、書法家、同光體詩人。

① 許增(1824-1903),字邁孫,號益齋,別號娱園、榆園,浙江仁和(今浙江杭州)人。清代書法家兼藏書家,精校勘之學,能詩詞。著有《煮夢庵詩》,刻有《榆園叢書》、《娱園叢刻》等,輯有《白石詩詞評論》。

白石道人詞箋平

卷一

版本攷

一、雲間(地名。宋代華亭縣的别稱,今屬上海)錢希武(事跡不詳,其人為參知政事錢良臣之裔,與姜夔為世交)本。

詳下。

二、陶南村①校錄葉居仲本。

鄭文焯②云:是卷後原有陶南邨(cūn,同"村")跋尾二則。一在至正十年(1350)庚寅正月望日,云:"如葉君居仲本于錢唐之用拙幽居。"曰"如"者,即依其說而錄之。《说文》訓如為隨也,同也。又校定于十一年庚子夏四月③,云:"此書俾(使)他人鈔錄,故有誤

---

① 陶南村即陶宗儀(1329-?),字九成,號南村,黄岩清陽(今浙江台州路橋)人,元末明初著名學者。早年舉進士不第,明朝建立後,定居雲間開館授課,終身不仕,人稱"南村先生"。工書法,尤能小篆,勤於筆記。著有《書史會要》、《南村輟耕錄》、《説郛》、《南村詩集》等。

② 鄭文焯(1856-1918),字俊臣,號小坡、叔問,别號瘦碧,奉天鐵嶺(今屬遼寧)人,屬漢軍正黄旗。光緒元年(1875)舉人。官内閣中書,旅居蘇州。博學多才,精詞學,通音律,善書法。詞集有《瘦碧》、《冷紅》、《比竹餘音》、《苕雅餘集》,與王鵬運(亦有列樊增祥者)、朱祖謀、況周頤稱清季"四大詞宗"。清亡移居上海,與朱祖謀唱和,行醫為生。1918年卒於蘇州。

③ 按,此處文字疑誤,至正十年既為庚寅,則十一年不當為庚子。查夏承燾《姜白石詞編年箋校》所收《元陶宗儀自跋抄本》作:"後十一年庚子夏四月",故知陶氏重校在至正二十年(1360)。

字,今將善本勘讎(chóu,校對文字),方可人意。"自元末至國初乾隆時又四五百年,始一行世。顧所稱善本者,殆即嘉泰壬戌(即嘉泰二年,1202)錢刻之舊本。然則葉氏本必為當時傳鈔者,復經南村景(同"影")寫,故云俾他人鈔錄,多誤耳。

三、毛晉[①]汲古閣本。

詳下。

四、洪陔華[②]刻本。

詳下。

五、許寶善[③]家藏宋槧(qiàn,書的刻板)翻本。

詳下。

六、四庫全書本。

即許寶善進呈本,而移其《詩説》[④]於《白石詩集》。《四庫全

① 毛晉(1599-1659),原名鳳苞,後改名晉,字子晉,號潛在、隱湖,南直隸蘇州府常熟(今屬江蘇)人,明末著名藏書家。毛氏家藏圖書八萬四千餘冊,多為宋、元刻本,建汲古閣、目耕樓藏之。曾校刻《十三經》、《十七史》、《津逮秘書》、《六十種曲》等書,流布甚廣,居歷代私家刻書者之首。另編著甚多,有《毛詩陸疏廣要》、《蘇米志林》、《海虞古今文苑》、《毛詩名物考》、《明詩紀事》、《隱湖題跋》等。

② 洪陔華即洪正治(1674-1735),字廷佐,號陔華,徽州府歙縣桂林(今屬安徽)人,居揚州。以孝義聞于時,工詩,所著《華萍書屋集》世無傳本。從石濤學畫,善寫蘭,畫跡亦不可見。卒後,李鍇為撰《洪陔華傳》,載《李鐵君文鈔》卷下。

③ 許寶善(1731-1803),字斅虞,號穆堂,別號自怡軒主人,江蘇青浦(今屬上海)人。乾隆二十五年(1760)進士,累官監察御史。後因丁母艱歸里,不復出,以詩文詞曲自娛。其著述較多,主要有《穆堂詞曲》、《自怡軒詩草》、《自怡軒詞》、《南北宋填詞譜》、《自怡軒樂府》、《五經揭要》、《杜詩注釋》、《娛目醒心編評》等。

④ 姜夔所撰詩論著作。一卷,凡三十則。全書以簡練的語言,從立意、佈局、修辭、用事、寫景、説理等方面,論述了詩歌的寫作方法和藝術風格等問題。

書總目》云:宋姜夔撰,夔有《絳帖平》①,已著錄。此其樂府詞也。夔詩格高秀,為楊萬里②等所推。詞亦精深華妙,尤善自度新腔,故音節文采竝冠絕一時。其詩所謂"自製新詞韻最嬌,小紅低唱我吹簫"者③,風致尚可想見。惟其集久無善本,舊有毛晉汲古閣刊版,僅三十四闋,而題下小序,往往不載原文。康熙甲午(即康熙五十三年,1714),陳撰④刻其詩集,以詞附後,亦僅五十八闋,且小序及題下自註,多意為刪竄,又出毛本之下。此本從宋槧翻刻最為完善。卷一《宋鐃歌》十四首,《越九歌》十首,琴曲一首。卷二詞三十三首,總題曰"令"。卷三詞二十首,總題曰"慢"。卷四詞十三首,皆題曰"自製曲"。別集詞十八首,不復標列總名,疑後人所掇

---

① 《四庫全書總目》該書《提要》稱:"《絳帖平》六卷,宋姜夔撰。夔字堯章,鄱陽人。按曹士冕《法帖譜系》云,絳本舊帖,尚書郎潘師旦以官帖私自摹刻者,世稱'潘駙馬帖'。又稱潘氏析居,法帖石分而為二。其後絳州公庫乃得其一,於是補刻餘帖,是名東庫本。逐卷各分字號,以'日月光天德,山河壯帝居,太平何以報,願上登封書'為別。今夔所論,每卷字號與士冕所説相合。然則夔所得者,即東庫本也。宋之論法帖者,米芾、黃長睿以下,互有疏密。夔欲折衷其論,故取漢官廷尉平之義,以名其書。首有嘉泰癸亥自序云:'帖雖小技,而上下千載,關涉史傳為多。'觀是書考據精博,可謂不負其言。惟第五卷内論智果書梁武帝評書語,武帝藏鍾、張二王書,嘗使虞龢、陶隱居訂正。案,虞龢宋人,其《上法書表》在宋孝武帝之世,去梁武帝甚遠。斯則考論之偶疏耳。據《墨莊漫錄》,其書本二十卷。舊止抄本相傳,未及雕刻。所載字號,止於'山'字。其'河'字以下亡佚十四卷,竟不可復得。然殘珪斷璧,終可寶也。"

② 楊萬里(1127-1206),南宋著名詩人。字廷秀,號誠齋,吉州吉水(今屬江西)人。紹興二十四年(1154)進士,歷仕高宗、孝宗、光宗三朝,官太常丞、廣東提點刑獄、尚書左司郎中兼太子侍讀、秘書監,以寶謨閣學士致仕。主張抗金,關心民生疾苦,多次上書批評朝政。其詩師法自然,自成一家,時號"誠齋體",與陸游、范成大、尤袤齊名,為中興四大詩人之一,有《誠齋集》傳世。事跡詳見《宋史》卷四三三《儒林傳三·楊萬里傳》。

③ 按,此句出自姜夔《過垂虹》一詩:"自作新詞韻最嬌,小紅低唱我吹簫。曲終過盡松陵路,回首煙波十四橋。"

④ 陳撰(1678-1758),字楞山,號玉幾、玉幾山人等,浙江鄞縣(今浙江寧波)人。早年問學於古文大家毛奇齡,與杭世駿、王士禎等友善,為康乾之際著名學者、畫家、詩人、藏書家。常游走與江淮間,並流寓揚州,遂歸為"揚州八怪"畫家群體之一員。曾受薦以布衣應博學鴻詞科,拒不應試,著有《繡鋏集》、《玉幾山房吟卷》等。

拾也。其《九歌》皆註律呂(本為古代校正樂律的器具,此以指樂律、音律)於字旁,琴曲亦註指法於字旁,皆尚可解。惟自製曲一卷,及二卷《鬲溪梅令》、《杏花天影》、《醉吟商》、《小品》、《玉梅令》,三卷之《霓裳中序第一》皆記拍於字旁。宋代曲譜,今不可見,亦無人能歌,莫辨其似,波似磔(zhé,漢字筆形之一,即捺),宛轉攲(qī)[①]斜,如西域旁行字者,節奏安在?然歌詞之法,僅僅留此一線,錄而存之,安知無懸解(了悟、明悟)之士,能尋其分刌(cǔn)[②]者乎?魯鼓薛鼓[③]亡其音而留其譜,亦此意也。舊本卷首,冠以《詩說》,僅三頁有餘,殆以不成卷帙,附詞以行。然夔自有《白石道人詩集》,列於詞集,殊為不類。今移附詩集之末,此不復錄焉。

鄭文焯云:案《四庫提要》云從宋本翻刻。前註監察御史(官名。隋初改檢校御史為監察御史始設,歷代因之,掌分察百僚,巡按郡縣,糾視刑獄,肅整朝儀)許賓善家藏本。諦(dì,仔細)審其分卷,實與陸刻無異。據陸氏自敍,合為四卷,實自伊蠡(lí)定(整理製定),當時白石歌曲刻本,嘉泰舊版已佚久,不可復得。即貴與馬氏[④]本,亦少流傳。汲古刻但依花菴[⑤]選卅四闋。康熙甲午,玉山人[⑥]所刊詩詞合集,及歙(shè)縣(今屬安徽)洪正治本,俱以意羼(chàn,攙雜)亂。

---

① 按,"攲"字原本誤作"歌",今據《四庫全書總目》改,"攲斜"即歪斜不正。

② 分刌,劃分;分切。《漢書·元帝紀》稱:"(元帝)鼓琴瑟,吹洞簫,自度曲,被歌聲,分刌節度,窮極幼眇。"顏師古《注》引韋昭曰:"刌,切也,謂能分切句絶,為之節制也。"

③ 《禮記·投壺篇》載有魯鼓、薛鼓打法,以"□"、"○"為圖示。鄭玄注稱:"此魯、薛擊鼓之節也。圓者擊鼙,方者擊鼓。"

④ 貴與馬氏即馬端臨(1254-1323),字貴與,號竹洲,饒州樂平(今屬江西)人,宋元之際著名的史學家。宋度宗咸淳八年(1272)以父蔭補承事郎,次年中漕試第一。元初歷官饒州慈湖書院、柯山書院山長、台州路(治今浙江臨海縣)儒學教授。積二十餘年精力,於大德十一年(1307)著成史學巨著《文獻通考》。

⑤ "花菴"指《花庵詞選》,南宋黃昇(號花庵)編,二十卷。前十卷名《唐宋諸賢絕妙詞選》選錄唐、五代、北宋人作品,後十卷名《中興以來絕妙詞選》選錄南宋人作品,共錄詞七百五十餘首。所選各家均系以字號、里貫,每首下亦間附評語。

⑥ 按,玉山人應指陳撰,陳撰號玉幾山人,此處疑脫一"幾"字。

姜忠肅祠堂本(指道光二十三年〈1843〉姜夔裔孫姜熙刻本),猶未見行世。以《提要》所據為善本者,當即陸渟川[1]乾隆癸亥(即乾隆八年,1743)從元鈔鏤版,同時許寶善因以進呈,以其所刊譜式大似宋槧,故目之最為完善也。

七、乾隆寫本。

況周頤[2]云:乾隆寫本《白石道人集》,靈鶼閣(晚清維新人物江標的藏書樓,重宋元刻本、舊校舊抄,精品較多,嘗刻《靈鶼閣叢書》)藏,余曾迻鈔一本。白石自序後,有洪武十年(1377)八世孫福四謹志,略云:"公詩一卷,歌曲六卷,早已板行,暮年復加刪竄,定為五卷,無雕本,藏於家。經兵火,帖軸無隻字,而是篇獨存。錄寫兩本,一付兒子,一詒(yí,傳給,贈與)猶子(侄子)通,世世寶之。"又萬曆二十一年(1593)十六世孫鰲謹書,略云:"此青坡徵君手書以遺付侍御哦客公者,今又二百餘年,楮(chǔ,紙張)雖蟲落,而字跡猶在,因付匠整頓,且命鯉弟以側理漿紙照本臨出,用時莊誦焉。"又乾隆甲子(即乾隆九年,1744)二十世孫虬綠[3]謹書,略云:"公詩初本刻於嘉泰間,晚又塗改刪汰,錄為定本,藏於家,五六百年,世無知者。爰搜(sōu,古同"搜")取各家刊本,彼此讎勘,附以累朝詩話掌故,有入近代者,竝為箋略,獨篇什不敢擅為增損,間有捃(jùn)拾(拾取,收集),

① 陸渟川即陸鍾輝(?－1761),字南圻,號渟川,江都(今江蘇揚州)人,築草堂於平山堂下。官員外郎,出為河南南陽府同知,親老乞休,復起為郎中。致仕後,築讓園於天寧門外杏園一帶。平生篤好吟詠,有《放鴨亭小稿》、《環溪詞》。

② 況周頤(1859－1926),原名周儀,避宣統帝諱,改名周頤,字夔笙,晚號蕙風詞隱,臨桂(今廣西桂林)人。光緒五年(1879)舉人,官內閣中書,後入張之洞、端方幕府。精於詞,早年詞風輕飄、豔麗,清亡後,多寄寓懷清室,為晚清詞學四大家之一。著有《蕙風詞話》、《蕙風詞話續編》、《餐櫻廡詞話》、《珠花簃詞話》、《西底叢談》、《香海棠館詞話》等十餘種。

③ 姜虬綠,字秋島,自號蒼弁山人,又號大海樵人,烏程(今浙江湖州)人。雍正中以賢良薦,乾隆初,以鴻博薦,俱不赴。著有《金井志》。

僅以附别之。"余藏白石詩詞集,常熟汲古閣本、江都(今江蘇揚州)陸鍾輝本、華亭(今屬上海)張奕樞①本、歙洪正治本、華亭姜氏祠堂本、臨桂(今廣西桂林)倪鴻②本、王鵬運③本、仁和(今浙江杭州)許增本。許本參互各家,備極精審。除此寫本未見外,所據各本,與余略同。寫本備錄所見各本序跋,有康熙庚寅(即康熙四十九年,1710)通越諸錦④序,康熙戊戌(即康熙五十七年,1718)廣陵書局刻本龍溪(今福建龍海)曾時燦序,為許氏及余所未見。所錄詩話、詞評、軼闻、故事,亦眂(古同"視")刻本為多。閒有虬綠自識,亦極該博。又有《姜氏世系》、《白石年譜》,足資考證。祠堂本姜熙序以世表無考為恨,亦未見此寫本。附采五絕二首,《訪全老於淨林觀沈全師碑隆茂宗畫》二首(即《嘉泰壬戌上元日訪全老於浄林廣福院觀沈傅師碑隆茂宗畫贈詩》),刻本有。七絕二首,《和朴翁悼牽牛》一首,刻本有;《三高祠》一首,刻本無,據《姑蘇志》採入首句"不貪名爵伐功勞⑤"。填詞二首,《越女鏡

① 張奕樞,字掖西,號今涪,一號芳莊,晚號漁村老,浙江平湖(今屬浙江)人。雍正諸生。嘗客游四方,乾隆二十年(1757)倦遊歸養,病歿於里。好為詞,以刻姜白石詞有名於時,其己作詞尤多,曾集為《紅螺詞》,厲鶚為之序,惜稿本遺失。今存《芳莊詞》二卷,為其弟張景陽於舊簏中得遺稿,附刊其《紀遊詩》後,僅五十五首。

② 倪鴻,字延年,號雲臞、耘劬廣西臨桂(今廣西桂林)人。工詩文,善書畫,室名"野水閑鷗館"。官粵東二十餘年,所得俸悉以購書,後遊八省。著有《遂齋詩集》、《雲臞詩鈔》、《桐陰清話》等。

③ 王鵬運(1849-1904),字幼遐,一作幼霞,號半塘、鶩翁,廣西臨桂(今廣西桂林)人。同治九年(1870)舉人,歷官內閣中書、內閣侍讀、監察御史、禮科給事中。值諫垣十年,疏數十上,直聲震天下。晚年客揚州,主儀董學堂。殫精於詞,為"清季四大詞人"之首。嘗匯刻《花間集》以迄宋、元諸家詞為《四印齋所刻詞》。己作有《袖墨》、《蟲秋》、《味梨》、《蜩知》等集,晚年删定為《半塘定稿》、《半塘剩稿》。

④ 诸錦(1686-1769),字襄七,號草廬,浙江秀水(今浙江嘉興)人。雍正二年(1724)進士,改庶吉士,選金華府學教授。乾隆元年(1736)舉博學鴻詞,召試一等三名,授編修,官至左春坊贊善。告歸後,鄉居十餘年,以讀書著述終老。長於箋疏考證,嘗輯浙人詩,編為《國朝風雅》。詩法黃庭堅、陳師道。著有《絳跌閣詩稿》、《毛詩説》、《夏小正詁》。

⑤ 按,"伐功",原本誤作"不爭"。

心》即《法曲獻仙音》①,刻本無。細讀兩詞,雖非集中桀(古同"傑")作,然如前闋"雨"、"緒"、"路",後闋"綺"、"幾"、"醉"等,均自是白石風格,非竄入他人之作也。

越女鏡心二首

風竹吹香,水楓鳴綠,睡覺涼生金縷。鏡底同心,枕前雙玉,相看轉傷幽素。傍綺閣,輕陰度,飛來鑑湖雨。　近重午。燎銀篝,暗熏溽暑。羅扇小,空寫數行怨苦。纖手結芳蘭,且休歌,《九辯》懷楚。故國情多,對溪山,都是離緒。但一川煙葦,恨滿西陵歸路。《別席毛瑩》。周頤按,元注題疑有誤字。

檀撥么弦,象奩雙陸,舊日留歡情意。寢別銀屏,恨裁蘭燭,香篝夜閒鴛被。料燕子,重來地。桐陰鎖窗綺。　倦梳洗。暈芳鈿,自羞鸞鏡。羅袖冷,疏竹畫簾半倚。淺雨滲酴醾,指東風,芳事餘幾。院落黃昏,怕春鶯,咲(同"笑")人顦顇(同"憔悴")。倩柔紅約定,喚起玉簫同醉。《春晚》。②

鄭文焯云:乾隆寫本《白石道人集》,靈鶼閣舊藏。旋於光緒戊戌(即光緒二十四年,1898)之冬,江建霞③以之見貽,審訂數過,於

① 《越女鏡心》、《法曲獻仙音》又名《獻仙音》。詞牌。宋陳暘《樂書》云:"法曲興于唐,其聲始出清商部,比正律差四律,有鐃鈸鐘磬之音,《獻仙音》其一也。"調見宋柳永《樂章集》。雙調九十二、九十一、八十七字,上闋三仄韻,下闋六仄韻。

② 況周頤《蕙風詞話續編》卷二載:"周頤按,右詞二闋,采附《法曲獻仙音》'虚閣籠寒'闋後。細審詞調,有與《法曲獻仙音》小異者。前段'輕陰度'、'重來地'葉,後段'空寫數行怨苦'、'疏竹畫簾半倚','怨'字、'半'字去聲是也。有與《法曲獻仙音》脗(同"吻")合者,前闋前段'風竹''竹'字,'鳴綠''綠'字,'睡覺''覺'字,後段'故國''國'字。後闋前段'檀撥''撥'字,'雙陸''陸'字,'舊日''日'字,後段'院落''落'字並入聲是也。守律若是謹嚴,自是白石家法。"

③ 江建霞即江標(1860-1899),字建霞,一字師,號萱圃,又號靈鶼閣主。江蘇元和(今江蘇蘇州)人。光緒十五年(1889)進士,選庶吉士,授編修。出為湖南學政,與陳寶箴、黃遵憲、譚嗣同等在湖南辦時務學堂,創刊《湘學報》,鼓吹新學,倡變法維新,旋擢四品京堂入總署。戊戌政變後,革職禁錮於家。精金石版本 (转下页)

陸、張兩本無self(bì,古同“裨”)補,惟所記世系綦(qí,極,很)詳,其《年譜》則寥寥行墨,僅據道人詩詞中自述年月類編,亦嫌零叠不備。曩(nǎng,以往,從前)與半塘老人(即王鵬運)參觀其逸聞故事,仁和許增刊本大半已徵采之。近閱臨桂況夔生(即況周頤)《香東漫筆》①,盛稱此寫本之該洽可貴,而集中附錄《越女鏡心》二首,為道人佚詞,決為非他人之作所羼入。不知此為洪陔華刊本之誤,無論其風骨之靡曼,字句之雕繪,一望而知為非白石詞格也。即其曲體亦為宋譜所無,且兩解音調參差,以《獻仙音》而非與盡合,益可異也。況氏素治校勘之學,特喜矜奇立異,以奉為枕祕(亦作”枕中祕“,指珍藏於枕函中的秘傳寶書)耳。

八、陸鍾輝本。

陸鍾輝云:南宋番陽(鄱陽縣古稱,今屬江西)姜堯章(姜夔字堯章),以布衣擅能詩聲,所為樂章,更妙絕一世。今所傳《白石道人詩集》一卷,蓋本臨安(今浙江杭州)睦親坊陳起②所刊《羣賢小集》(即《南宋群賢小集》,該書為南宋江湖詩人的作品集叢刊,收入六十餘家小集),更竄入麗水(今屬浙江)姜特立③《梅山藁》中詩,幾於郲婁(即郲

(接上页注③)之學,詩古文詞亦負時譽,著有《黃蕘圃年譜》、《靈鶼閣詩稿》,輯刊《靈鶼閣叢書》五集五十六種。

① 《香東漫筆》二卷,況周頤撰。此書大部分內容記述金石考證、詩詞評論方面的內容,其他方面則記載了一些掌故、版本、名人軼事之類的內容。作者所著筆記較多,此書可與作者的另外幾本金石詞話類書互相參證。書中所載的寫本《白石道人集》是清代刊本白石詩詞所未見的,又附有《九真姜氏世系表略》及《白石道人詩詞年譜》兩種,有一定參考價值。

② 陳起,字宗之,一字彥才,號芸居,又號陳道人,臨安錢塘(今浙江杭州)人。宋寧宗時鄉貢第一,時稱陳解元。開書肆於臨安睦親坊,所刻典籍,雕版精良,是當時所謂“棚本”中最著名者之一,為歷來藏書家所重視。亦能詩,江湖詩人多與之善。刊《江湖集》、《江湖前集》、《江湖後集》、《江湖續集》、《中興群公吟稿》等詩集。其詩清新別致,有江湖詩人之風,著有《芸居乙稿》一卷。

③ 姜特立(1125-?),字邦傑,處州麗水(今屬浙江)人。以父蔭入仕。淳熙中,除閤門舍人,充太子宮左右春坊。光宗即位,除知閤門事,恃恩無忌,被論 (转下页)

國,春秋時諸侯國名。陸德明《經典釋文》:"邾人呼邾聲曰婁,故曰邾婁")之無辨。樂章(指配樂的詩詞)自黄叔暘①所輯《花庵絕妙詞選》(即《花庵詞選》)二十餘闋外,流傳者寡。雖以秀水(今浙江嘉興)朱竹垞(chá)太史②之搜(sōu,古同"搜")討,亦未見其全。疑《白石道人歌曲》六卷著錄於貴與馬氏者,久為《廣陵散》③矣。近雲間樓廉使敬思④購得元陶南村手鈔,則六卷完好無恙,若有神物護持者。余友符戶部藥林⑤從都下寄示,因竝(同"並")詩集亟為開雕,公之同好。《詩集》稍分各體釐定,去竄入之作。歌曲第二卷、第六卷為數寥寥,因合為四卷。其中"自製曲"俱有譜旁註,雖未析其節奏,悉依元本鉤摹,以俟知音識曲論定云爾。乾隆癸亥(即乾隆八年,1743)冬

(接上页注③)奪職。寧宗時,官至慶遠軍節度使。其人不足取,然其詩意境超曠,直抒胸臆,不事雕琢,為韓元吉、陸游所稱賞,有《梅山續稿》傳世。

① 黄叔暘當作黄叔暘,即黄昇,字叔暘,號玉林,別號花庵詞客,建安(今屬福建)人。早棄科舉,雅意讀書,以吟詠自適,多感時懷舊之作。編選有《唐宋諸賢絕妙詞選》十卷、《中興以來絕妙詞選》十卷(合稱《花庵詞選》),自著《散花庵詞》一卷。

② 朱竹垞太史即朱彝尊(1629–1709),字錫鬯,號竹垞,晚號小長蘆釣魚師,又號金風亭長,浙江秀水人。康熙時舉博學鴻詞科,授檢討,充《明史》纂修、日講起居注,典江南鄉試。後被劾罷官,殫心著述。通經史,尤擅文學,其文以雅潔勝,不先立格,惟取達意;詩為浙派詩開山祖,宗唐而求變,晚喜為拗體,與王士禎齊名,時稱"南朱北王"。藏書八萬卷,室名"曝書亭"、"潛采堂"。生平著述甚豐,編有《詞綜》、《明詩綜》等,著有《經義考》、《日下舊聞》、《曝書亭集》等。

③ 《廣陵散》,琴曲名。曹魏時嵇康善彈此曲,秘不授人,後遭讒被害,臨刑索琴彈之,曰:"《廣陵散》於今絕矣!"故亦指事無後繼、已成絕響者。

④ 樓廉使敬思即樓儼(1669–1745),字敬思,號西浦,浙江浦江(今属浙江)人,後隨父居松江。康熙南巡,儼獻詞稱旨,征入詞館,參與修撰《詞譜》。出為廣西荔浦知縣,官至江西按察使。晚年寓居上海,與繆謨、張梁唱和。工於辭章,以詞學名於世,有《蓑笠軒僅存稿》十卷,又自訂《群雅集》一書,朱彝尊曾為之序,以卷帙繁重,無力開雕。又,廉使本為唐代觀察使別名,宋元指廉訪使,明清指按察使,以其掌察所部善惡,職責相近。

⑤ 符戶部藥林即符曾(1688–1760),字幼魯,號藥林,浙江錢塘(今浙江杭州)人。乾隆元年(1736),舉博學鴻詞,以父喪不與試,後以大理卿汪漋薦,累官至戶部郎中。善詩文,為陳撰、沈德潛所重。曾與沈嘉轍、吳焯、陳芝光、趙昱、厲鶚、趙信等編撰《南宋雜事詩》,並稱"七君子"。著有《春鳧小稿》、《賞雨茆屋小稿》。

十月既望(農曆十六),江都陸鍾輝書。

九、張奕樞本。

張奕樞云:竹垞朱氏《詞綜》[①]及《黑蜨(dié)齋詩餘序》俱云:"白石詞凡五卷,世已無傳,傳者僅數十闋。"蓋竹垞亦未見全書矣。壬子春(指雍正十年,1732),客都門(代指京城),與周子畊(古同"耕")餘過澹慮汪君[②]邸舍,見案頭有《白石道人歌曲》六卷,《別集》一卷,係陶南邨手鈔本,而樓觀察敬思所珍藏者。澹慮為誦"異書渾似借荆州"之句[③],意頗矜之。因共襄(輔助,幫助)錄副加校讎焉。嗣是南北分馳,居諸荏苒,迨(dài,等到)戊午(指乾隆三年,1738)秋而澹慮云亡,畊餘以鈔本屬余。顧自惟雖好倚聲(唐宋之詞是配合新興樂曲而唱的歌詞,故按照詞調作詞稱為"倚聲"),未諳音律,質之黄宮允唐堂[④]、厲孝廉樊榭[⑤]、陸大令活浦[⑥],先後重加點勘,而與

① 《詞綜》為詞總集,清朱彝尊編,汪森編定。三十卷,補遺六卷。系從《花間集》等十多種詞選、《百川學海》等十多種類書與野史、各家別集中編選而成,共選錄唐、宋、金、元詞六百六十餘家,二千二百餘首,采輯廣泛,去取謹嚴。

② 澹慮汪君即汪棟,字峻堂,吳江平望(今江蘇蘇州)人。詩文清秀拔俗,間畫小山水,篆刻精好,尤工書法。嘗游京師,為名卿大夫李紱、徐用錫所器重。後以鄉試赴杭,卒於寓所,年二十九。著有《澹慮堂遺稿》。

③ 句出陸游《到嚴十五晦朔郡釀不佳求於都下既不時至欲借書讀之而寓公多秘不肯出無以度日殊惘惘也》,全詩為:"桐君故隱兩經秋,小院孤燈夜夜愁。名酒過於求趙璧,異書渾似借荊州。溪山勝處身難到,風月佳時事不休。安得連車載郫釀,金鞭重作浣花遊?"

④ 黄宮允唐堂即黄之雋(1668-1748),字石牧,號唐堂,江蘇華亭(今上海松江)人。康熙六十年(1721)進士,選庶吉士。雍正元年(1723)授編修,出為福建學政,遷中允。四年被劾降職,次年革職。乾隆元年(1736),薦試博學鴻詞,以弱視不能作書,罷歸。喜藏書,好撰述,尤工詩,著有《香屑集》、《唐堂集》、雜劇《鬱輪袍》、《夢揚州》等多種。

⑤ 厲孝廉樊榭即厲鶚(1692-1752),字太鴻,又字雄飛,號樊榭,別署南湖花隱、西溪漁者,浙江錢塘(今浙江杭州)人。康熙舉人,乾隆元年(1736)應博學鴻詞科,廷試被放,南歸,奉老親。工詩詞,務博覽,留心金石碑版,尤熟於宋、遼史實。一生精力所瘁,在於《遼史拾遺》和《宋詩紀事》二書,網羅之廣,搜求之勤,罕有 (转下页)

姚徵士鱸香①商定，付諸梓（梓，刻板。付梓指書稿雕版印行）。噫！以前輩之博雅蒐（同"搜"）輯，不遺餘力，猶且殘闕為恨，余生也晚，乃獲出而表章（同"彰"）之，俾數百年收藏墨寶，一旦流傳藝苑，其愉快當何如邪？抑未審竹坨所云五卷，與今本有異同否邪？惜乎！刻甫竣，而畊餘又作道山游（道山，傳説中的仙山。作道山游為婉言逝世），末（通"莫"。亦可能為"未"之形訛，未由，即無由）由起而欣賞之！乾隆己巳（即乾隆十四年，1749）中秋，漁邨老鮫張奕樞書於松桂讀書堂唫（yín，同"吟"）舫。

鄭文焯云：《白石道人歌曲》自宋嘉泰二年（1202），錢参政（當是錢希武，係参知政事錢良臣之裔）刻於東巖，是為道人手編定本。證以祠堂本《年譜》，紀是年秋客雲間，有《題華亭錢参政園池五言》②，詞集亦有《題錢氏溪月》（見本書卷四《蓦山溪・題錢氏溪月》）云："才因老盡，秀句君休覓。"可知錢刻必謀諸道人，因於是年中冬鏤版蕆（chǎn，完成）役，而記歲月也。道人廿世孫虬綠箋略云："自嘉泰間刻於東巖，後公又删汰錄定本藏於家，五六百年，世無知者。"其間僅一見之嘉禾（今浙江嘉興）郡齋（郡守起居之處），時在淳祐辛亥（即淳祐十一年，1251，時姜夔子姜瑛任此地簽書判官廳公事），趙菊坡③所歎千歲令威者④，距嘉泰壬戌（即嘉泰二年，1202）已五十年

（接上页注⑤）倫匹。另著有《樊榭山房文集》、《南宋院畫錄》、《東城雜記》、《湖船錄》等。

（接上页注⑥）按，據夏承燾《姜白石詞編年箋校》所引，"活浦"字作"恬甫"。

① 姚徵士鱸香即姚培謙（1693－1766），字平山，號鱸香先生、鮑香老人，江蘇華亭（今上海松江）人。諸生，善交遊，文采名滿江左。雍正中，保舉人材，以居喪不仕。好讀書，亦喜刻書、注書，校刊《後村居士文集》，編選評注《古文斲》，撰《李義山詩集箋注》、《楚辭節注》。另著有《松桂讀書堂集》，編有《類腋》、《元詩百一鈔》等。

② 全詩為："花裡藏仙宅，簾邊駐客舟。浦涵滄海潤，雲接洞庭秋。草木山山秀，闌幹處處幽。機雲韜世業，暇日此夷猶。"

③ 趙菊坡即趙與訔（yín，1213－1265），字中父，號菊坡，吳興（今浙江湖州）人，宋朝宗室，秦王德芳九世孫，趙孟頫父。以蔭補饒州司戶參軍，歷浙西提刑司　（转下页）

矣。自是遂沈薶(wō,亦作"沉薶",沉埋,埋沒之意)於夷灰劫墨[①]之餘,洎(jì,到,及)元末至正間,始得陶南村據葉居仲本手鈔校訂於錢塘(今浙江杭州)之用拙幽居,時去淳祐又近百年。是其家轉徙自隨,苟非賢子孫之善藏,此書之流傳江南者,蓋亦僅矣。顧歷元明三百年中,初未有能賡(繼續,連續)其傳者,汲古毛氏彙刻宋六十一家詞,祇從《花菴詞選》刻三十四闋,尚不及原編之半。康熙甲午陳撰又從毛刻輯其詩詞,合刻於廣陵(今江蘇揚州),與洪陔華續栞(古同"刊")之本,同一羼亂,等諸既灌[②]焉爾。迨乾隆初,乃有雲間樓敬思舊藏陶鈔發見於都門。遡自嘉泰開雕,刱(同"創")始於雲間錢氏,聲聞之美,不絕如縷。至是又幾幾(幾乎)五六百年,復於雲間樓廉使得之,豈道人於松江煙浦間,有翰墨未了緣邪?想其載雪垂虹(垂虹橋,在蘇州),紅簫餘韻,昔日風流賞心之地,一時高致,亦足千古矣!其南村手鈔六卷,藏之樓氏者,一由符藥林傳鈔於江都陸鍾輝,刻於乾隆癸亥;從周耕餘校錄,歸於華亭張奕樞,刻於乾隆己巳。同時刱(同"創")獲,傳自京師,若不謀而合者。陸刻分

(接上页注③)幹辦公事、知蕭山縣、通判臨安府、知嘉興府,官至戶部侍郎兼知臨安府、浙西安撫使。事跡詳見趙孟頫《先侍郎阡表》。

(接上页注④)趙與峕跋嘉泰刊本云:"歌曲特文人餘事耳,或者少諧音律。白石留心學古,有志雅樂,如《會要》所載,奉常所錄,未能盡見也。聲文之美,概具此編。嘉泰壬戌,刻於雲間之東巖,其家轉徙自隨,珍藏者五十載。淳祐辛亥,復歸嘉禾郡齋。千歲令威,夫豈偶然!因筆之以識歲月。"又,《搜神後記》卷一載:"丁令威,本遼東人,學道於靈虛山。後化鶴歸遼,集城門華表柱。時有少年,舉弓欲射之,鶴乃飛,徘徊空中而言曰:'有鳥有鳥丁令威,去家千年今始歸。城郭如故人民非,何不學仙冢累累!'遂高上冲天。今遼東諸丁云,其先世有升仙者,但不知名字耳。"

① 夷灰劫墨指劫火餘灰。晉干寶《搜神記》卷一三稱漢武帝鑿昆明池,極深,悉是灰墨,無複土。東漢明帝時,有以此事問西域道人,道人云:"經云:'天地大劫將盡,則劫燒。'此劫燒之餘也。"

② 灌,禘禮中第一次獻酒。既灌,謂第一次獻酒以後。禘是古代天子的祭祖典禮,《論語·八佾》載"子曰:禘自既灌而往者,吾不欲觀之矣",反映孔子對當時禮崩樂壞狀況的不滿。"等諸既灌",此處藉以表示版本的錯謬,不可卒讀。

卷，頓失舊格，而文字碩異（大異），未若張本景宋之善。茲加辨按，不揆（自謙之詞，不自量）愚管（淺陋，淺陋的見解），定彼從此，證其疏遺，具條如後。跡其同出敬思所藏，所以致此者，陸氏以意釐定（整理編定），失之未勘。張刻則經厲樊榭、黄唐堂、姚鱸香（即姚培謙）諸名士商榷斠（古通“校”）訂而後成。甚矣！一書之傳，固其難如是，傳之而善，善而可久，則難之又難！今距乾隆又一百八十餘年，陸版已付之文選樓一炬①，張槧亦喪失於南蕩（指南蕩藏書家張應時的書三味樓）兵火中。二者得一於此，已珍若片羽吉光（吉光為傳說中的神獸名，片羽吉光指遺存之珍貴物品），孰使余刌律尋聲，晰疑辨惑，汲汲從事於元鈔宋刻之遺？白石有靈，尚其起予乎？宣統二年（1910）歲次庚戌十月既望，叔問題於吳小城（吳王闔閭所建宮城，遺址在今蘇州）。

十、江春②本。

詳下。

十一、姜忠肅祠堂本

鄭文焯云：曩於光緒戊子、己丑（1888、1889）之間，與同社（猶同鄉，同學。趣相同者結社，亦互稱同社）張君子復同輯《白石年譜》。專取宋元人説部（小説、筆記、雜著一類書籍），及道人詞中題敍（詞所附帶小序）所記歲月，切於要實，信而可徵，意在重刊其詞，依編年義例。已寫定若干卷，行將付鍥（qiè，雕刻）。會子復以翰林改官出宰懷遠

① 文選樓為清代名宦、學者阮元的藏書樓，以其所居揚州文選巷為隋代文選學家曹憲故地，故名“隋文選樓”。道光二十三年（1843）失火，藏書多焚毁。

② 江春（1720－1789），字穎長，號鶴亭，安徽歙縣人，僑居揚州。初爲諸生，事舉子業，久無所遇，遂承父業為鹽商。清高宗南巡，葺康山草堂接駕，召對稱旨，賜内務府奉宸苑卿，加布政使銜。好古玉，曾刻印《宋淳熙敕編古玉圖譜》。工為詩，袁枚初輕其為賈人，及讀其詩，頗稱賞之。著有《隨月讀書樓詩集》、《黄海遊錄》。

(今屬安徽),未竟厥役,而子復旋沒於秦中。濡滯(停留,遲延)訖今,二十餘年,竄(放置、安放)稿篋衍(方形竹箱),不復省(xǐng)措(檢視整理),死生契闊(離別)之悲,烏能已已!嗣(接著,隨後)從元和(今江蘇蘇州)江氏靈鶼閣,得姜氏忠肅祠堂本,有《年譜》一卷,以之較曩所輯者,體例小異,徵(徵引)據亦簡,倘合訂重編,附詞以傳,良足多矣。

又云:昔客沽(天津別稱)上,見義州(今遼寧義縣)李猛堪,藏有《白石集》祠堂本,是道光癸卯(道光二十三年,1843),其松江裔孫名熙者所刻。前有小象,共十卷,次弟(古同"第")與遜齋本同,合詩詞八卷,後集二卷,附錄酬唱及徵事評跋。所引如《詞旨》[①]、《樂府指迷》[②]、《曝書亭集》(清代學者朱彝尊的詩文集,八十卷,附錄《葉兒樂府》一卷)、《帶經堂集》(清代學者王士禎的詩文集,凡七編九十二卷),皆習見,其句讀頗有誤,未足依據也。

十二、揚州知足知不足齋本。

詳下。

十三、閩中倪耘劬(qú)本。

詳下。

---

① 《詞旨》,元陸輔之著,二卷,為詞論著作。是書為陸氏早年師事張炎時所聞教示之筆錄,按"詞說"、"屬對"、"警句"、"詞眼"、"單字集虛"等分類闡述其詞論主張。所述多本張炎《詞源》之說,其意在標示作詞規範,解析具體,而論說不深。所錄"屬對"、"警句",雖多為殘章斷句,但保存不少佚詞。

② 《樂府指迷》,南宋沈義父著,一卷,為詞論著作。是書前有作者自序,謂得詞法於翁逢龍、吳文英,故作此以傳子弟。書中述"得之所聞",揉合己意,共二十八則。《四庫提要》說:"其論詞以周邦彥為宗,持論多為中理。"強調詞的藝術技巧。對聲律、曲譜、句法、襯字等問題都有精到的見解。

十四、桂林倪鴻本。

倪鴻云:《白石詩集》一卷,附《詩説》一卷,《歌曲》四卷,《別集》一卷,《續書譜》(姜夔所撰書法理論著作,因唐孫過庭先有《書譜》,故名"續",然內容實非補過庭之作)一卷,《四庫》皆著錄。其通行者,有陸氏鍾輝刻本,姜氏文龍刻本,江氏春刻本。姜本、江本皆出於陸本,然陸本無《續書譜》,姜本則有之。江本亦無《續書譜》,而有評論、補遺、集事補遺、投贈詩詞補遺。今刻陸本三種,及姜本《續書譜》,江本補遺,並增《四庫簡明目錄》(清紀昀等編,為《四庫全書總目提要》的簡本),《詁經精舍集·姜夔傳》①,其歌曲旁注字譜,臨寫陸本,無一筆舛誤。白石尚有《絳帖平》一書,當續刻之也。

十五、王鵬運本。

王鵬運云:《白石道人集》,余所見凡四:汲古閣《六十家詞》本,裒(póu,聚集)輯最略;洪氏及陸氏二本,皆詩詞合刻;陸氏以陶南村寫本付梓,獨稱完善,即為祠堂本所從出。辛巳(即光緒七年,1881)歲首,合刻"雙白"詞集(王鵬運合刻姜夔《白石道人詞集》、張炎《山中白雲詞》,稱《雙白詞》)。此詞即遵用陸本,而去其《鐃歌》、《琴曲》,以意主刻詞,固非與陸異也。

十六、許氏榆園本(即許增所刻《榆園叢書》)。

許增云:《白石道人歌曲》,無論宋嘉泰本不可得見,即貴與馬氏本亦少流傳。就所知常熟汲古閣本、江都陸鍾輝本、華亭張奕樞本、歙縣洪正治本、華亭姜氏祠堂本、揚州知足知不足齋本。陸版

① 詁經精舍為嘉慶六年(1801)阮元任浙江巡撫時所建書院,在杭州西湖孤山。著名學者王昶、孫星衍、俞樾等先後在此講學,近代學者章太炎也在此受業。教學內容"專課經義",且以古文經爲主,兼及小學、天文、地理、算法學等,一變宋以來書院專習理學的局面。《詁經精舍集》為學生研究成果的彙集,共計八卷二千餘篇。

後入江鶴亭(即江春)家,再歸阮文達(即阮元),道光癸卯(即道光二十三年,1843),燬於火。張版入南蕩張氏書三味樓,後亦不存。陸本、洪本、祠堂本,皆詩詞合刻,餘則有詞無詩。近又有閩中倪耘劬本、臨桂王鵬運本。至於斠(古通"校")勘精審,當推陸本為最。茲據陸本重刊,間有與别本互異者,附刊本字之下,以墨圍(古書中將某些文字圍起的黑框。所圍或是諱字,或是標題,或是"注"、"疏"等類字樣)隔之。

十七、朱彊村[①]舊鈔本。

鄭文焯云:近從朱彊邨見示舊鈔《白石詞》,謂得之陳彦和[②]所獲於吳肆者。審之,是乾隆二年(1737)仁和江炳炎[③]從符藥林借鈔於揚州,即南邨手錄六卷舊本,傳鈔於吳江樓敬思,與江都陸鍾輝所刻,同一淵源也。顧字裏行間,劇(甚)有同異,彊村合三本詳校一通,擬據江鈔付鍥,而條具陸、張二刻,互有得失,折衷一是,讀者庶知所依據也。

又云:炳炎字研南,號冷紅詞客。其題敘云:"上海周晚菘[④],

---

① 朱彊村即朱祖謀(1857-1931),原名孝臧,字古微,别號彊村,浙江歸安(今浙江湖州)人。光緒進士,官至禮部侍郎、廣東學政。辛亥革命後隱居上海,以清室遺老自居。工詞學,所編《彊村叢書》,輯有唐、五代、宋、金、元人詞總集五種,别集一百七十四種。詞作精雅峭麗,晚年删定為《彊村語業》,另編有《湖州詞徵》、《滄海遺音集》等。

② 陳彦和即陳隆恪(1888-1956),字彦和,江西義寧(今江西修水)人。陳三立次子,陳寅恪兄。留學日本,畢業於日本東京帝國大學財商系。善詩文,詩風直追乃父,有《同照閣詩抄》傳世。按,夏承燾《姜白石詞編年箋校》所載《版本考》稱獲抄本者為其弟陳方恪,方恪字彦通,詩名在其諸兄之上。

③ 江炳炎,字研南,號冷紅詞客,浙江錢塘(今浙江杭州)人。詩、書、畫並工,稱"三絕"。康熙四十八年(1709)至乾隆七年(1742)間,客寓揚州,與厲鶚、吳焯、陳章及四明陳撰等作詩酒之會,酬唱不絕。乾隆七年遷居真州,因無資賃屋,次年返歸故里。著有《琢春詞》、《冷紅詞》二種。

④ 周晚菘即周鉞,字汝盤,號晚菘。清浙江山陰(今浙江紹興)人。清代經學家,康熙時諸生,性至孝,一生勤研經學。著有《類纂左事》二十二卷,另有《粵東雜記》等書。

昔留漢上,見書估(即書賈)持陶南村手錄《白石詞》五卷,《別集》一卷,可稱善本,索金五十兩,遂不能有,聽其他售,猶在人間,安得一快覩邪?"

又云:近聞新建(今屬江西)夏劍丞[①]得南邨手鈔原本於滬上。夏所稱陶鈔原本,即乾隆六年(1740)仁和江炳炎鈔本,亦符氏轉寫者。

十八、沈遜齋本。

沈曾植云:宣統庚戌(即宣統二年,1910),試用安慶造紙廠新造紙印此書。《事林廣記》音樂二卷[②],可與旁注字譜相證明,附印於後,以資樂家研究。遜齋識。

鄭文焯云:是刻凡宋廟諱(宋代君主的名諱),竝(同"並")缺末筆。顯二名有偏諱(避諱方式的一種,名字有兩個字的,偏舉其中的一個字,也要避諱)者,有從其初名更名而避者。如宋太宗初名匡,又改賜光義[③];仁宗初名受益[④];景祐三年(1036)賜濮王[⑤]弟(古同"第")

① 夏劍丞即夏敬觀(1875-1953),字劍丞,號盥人,又號吷庵,江西新建人。光緒二十年(1894)舉人,歷任三江師範學堂、復旦、中國公學監督,江蘇巡撫參議,署浙江提學使。民國初,任浙江教育廳長,旋退寓上海。早歲為今文經學家皮錫瑞高足,後又在上海隨文廷式學詞。詩出入唐、宋,又工詞。著有《漢短簫鐃歌注》、《詞調溯源》、《宛陵集注》、《學山詩話》、《忍古樓詞話》,自撰詩詞有《忍古樓詩》、《吷庵詞》。

② 《事林廣記》,南宋末陳元靚編,元人增補,凡四十二卷,五十一類,內容廣泛,插圖詳明,是一部民間日用百科全書。附兩卷為《音樂舉要》、《樂星圖譜》。

③ 宋太宗趙炅(939-997),太祖弟,初名匡義,太祖登帝位改名光義,廟號太宗,在位二十二年。在位期間,吳越納土,討平北漢,結束五代分裂局面,惟兩次伐遼皆敗歸,此後對遼採取守勢。繼續執行守內虛外政策,加強專制主義中央集權,擴大科舉錄取名額,推動宋代的"重文"風氣發展。

④ 宋仁宗趙禎(1010-1063),宋真宗第六子,廟號仁宗,在位四十二年。初名受益,真宗天禧二年(1018)立為太子,賜名趙禎,乾興元年(1022)繼帝位。初由太后劉氏垂簾聽政,太后死,始親政。在位期間,一方面有因循守舊之弊,漸成積 (转下页)

十三子[①]曰宗實，即英宗[②]也。他若欽宗名桓[③]，初名亶(dǎn)，更名烜(xuǎn)。此本於太宗、仁宗、英宗之初名、賜名，二字並避，闕於欽宗初名卻不避，獨避一桓字。此景宋之未逡易者。至書式(圖書的形式)發首(開頭)留二行，卷尾鬲(通"隔")一行空紙，然後題卷，亦宋槧之舊格。如汲古刻宋仲良本《陶靖節集》(陶淵明的文集，十卷，其私謚靖節先生，故有是名)，胡果泉[④]覆宋本(用宋本影摹翻刻的本子)《文選》(蕭統所編，六十卷，所選作家上起先秦，下至梁初)，汪閬泉景宋刻《隸釋》(南宋洪适撰，二十七卷。前十九卷載隸書碑刻，以楷書録其全文，後八卷匯録諸家碑目)，孫淵如[⑤]景宋刻《説文》(《説文解字》，東漢許慎撰，是首部系統分析漢字字形和考究字源的字書)，阮文達(即阮元)刊

(接上页注④)貧積弱，内外交困，雖曾起用范仲淹進行改革，但很快廢罷；另一方面節儉勤政，優禮大臣，政治較為清明，"嘉祐之治"猶為後代史家所稱。

(接上页注⑤)濮王即趙允讓(995-1059)，字益之，宋太宗孫，真宗弟商王趙元份子。悼獻太子祐死，真宗將其迎養禁中。及仁宗生，送還邸。仁宗即位，授汝州防禦使，累拜寧江軍節度使。景祐二年(1035)，建睦親宅，命知大宗正事。慶曆四年(1044)，封汝南郡王。至和二年(1055)，改判大宗正司。卒後追封濮王，謚安懿。

① 按，此處原誤作"三子"，脱"十"字。

② 宋英宗趙曙(1032-1069)，廟號英宗，在位四年。仁宗嘉祐七年(1062)立為皇子，八年即位。初，因病由曹太后垂簾聽政，治平元年(1064)五月病愈親政。英宗英年早逝，在位期間大事惟尊崇其生父引發的"濮議"，宋夏邊境摩擦，命司馬光編撰《資治通鑒》為大事。

③ 宋欽宗趙桓(1100-1156)，徽宗長子，廟號欽宗，在位一年零四個月。政和五年(1115)立為皇太子，宣和七年(1125)十二月，在金兵南侵中，接受其父徽宗的禪位，即皇帝位。靖康二年(1126)，金兵破開封，與徽宗一同被俘北行。宋高宗紹興三十一年(1161)，卒於五國城(今黑龍江依蘭縣)。

④ 胡果泉即胡克家(1756-1816)，字占蒙，號果泉，婺源(今屬江西)人。乾隆四十五年(1780)進士，曾官開歸道臺、安徽和江蘇巡撫。生平刻書甚多，且刊印精緻。所刻之書，皆請名家校勘，良工刻寫，故甚為後世稱賞，其中最著名的即仿宋淳熙本《文選注》，世稱"胡刻文選"。

⑤ 孫淵如即孫星衍(1753-1818)，字伯淵，又字淵如，號季逑，又號芳茂山人，江蘇陽湖(今江蘇常州)人。乾隆五十二年(1787)進士，授編修。歷官山東督糧道，權布政使，後引疾歸。累主詁經精舍、鐘山書院，深究經史、考證之學，旁及諸子百家，兼通醫學。精校勘，輯刊《平津館叢書》、《岱南閣叢書》世稱善本。著有《孫淵如詩文集》、《尚書今古文注疏》、《周易集解》等，編有《續古文苑》。

《經籍纂詁》[1],江容父[2]刊《廣陵通典》(汪中所著,十卷,以編年體記述揚州從吳王夫差築邗城至晚唐楊吳割據事蹟)之類,並放(通"仿")此格。南匯(今屬上海)張嘯山[3]徵君(對不就朝廷徵聘之人的敬稱)《舒藝室隨筆》(六卷,為張文虎一生所作考訂劄記)載《白石歌曲攷證》謂陸鍾輝本所刊譜式,以意羼改,每失故步,不如張奕樞所刻之善。蓋謂此也。

又云:《白石道人歌曲》,嘉泰壬戌(即嘉泰二年,1202)雲間錢希武刻本,既久不可復覩。陶南村校錄葉居仲本,相傳雲間樓敬思所藏,其手鈔六卷,完好無恙者,又從符藥林傳鈔,以付江都陸鍾輝刊以行世。歙人江春復得其舊版,附益集事評論及投贈諸作,刻於乾隆辛卯(即乾隆三十六年,1771)之秋,世所稱為善本,出於元鈔宋槧者也。但陸氏分體釐定,合為四卷,已屬移易失真,非陶鈔六卷之舊也,明甚。伯宛[4]孝廉獨稱張奕樞景宋本為最完善,而流傳絕少。今見杭州許榆園刊本,載其一敍,則亦從陶本傳鈔,經黃唐堂、

---

① 《經籍纂詁》,阮元主編的一部訓詁學專著。阮元督浙江學政,邀名人學士四十餘位,歷時二載,於嘉慶三年(1798)完成付梓。該書搜集了唐以前經史子集中的注釋和訓詁,取材十分廣泛,以《佩文韻府》的編排方法,並按平水韻分部,每部一卷,共106卷。

② "江容父"當作"汪容父"即汪中(1745-1794),字容甫,江蘇揚州人。三十四歲為拔貢,後即不再應試,曾入湖廣總督畢沅幕,後校《四庫全書》於文瀾閣。擅長詩文,尤精經史。其駢體文,以詞采真實而獨標一時,在清代卓然自成一家。著作有《廣陵通典》、《述學》、《左氏春秋釋疑》、《容甫先生遺詩》等。

③ 張嘯山即張文虎(1808-1885),字孟彪,一字嘯山,號天目山樵,江蘇南匯(今屬上海)人。貢生,官候選訓導。學問淵博,深於經學、小學,旁通樂律、中西數學,尤精校勘之學。曾為錢熙祚校刊《守山閣叢書》、《指海》、《珠叢別錄》,海內推爲善本。曾入曾國藩幕,主金陵書局校席十三年,晚主江陰南菁書院講席。著有《覆瓿集》,內含《舒藝室詩存》、《索笑詞》、《舒藝室隨筆》等。

④ 伯宛即吳昌綬,字伯宛,又字甘遯,號詞山,又號印丞,晚號松鄰,浙江仁和(今浙江杭州)人。清光緒三年(1877)舉人,官內閣中書。平生喜聚書、刻書。刻有《雙照樓匯刻宋元人詞》、《松鄰叢書》、《十六家墨說》。著有《松鄰遺集》十卷,多言群書版本及校詞之事,又編印有《宋金元詞集現存卷目》。

厲太鴻諸君校定,於乾隆己巳(即乾隆十四年,1749)秋付梓,後陸刻僅六年耳。又同時出陶鈔於都門,何其不相侔(亦作"相牟"。相等,同様)若是?可異也!今考此本,凡宋廟諱初名如光、義、受、宗等字,竝(同"並")避之。又別集中桓字亦缺末筆,每卷後凡隨卷第皆空白兩行,是景宋舊刻可證,尚是原編六卷本來面目。至集中字句亦無碩異,唯《石湖仙》"羽"字韻,本用林宗角巾墊雨故事,此本同作"雨",足訂陸刊之誤(相關説明見本書卷六)。裴駰敘《史記集解》[①],所謂有此古字,乃為好本也[②]。或即奕樞舊刊邪?顧陸本後附南村二跋,在至正庚寅[③]、庚子兩年,此則闕焉,而菊坡一敍,卻迻置目錄以前,不知沈遜齋學使從何處得此本也?末附《音樂舉要》二卷,乃得之日本故文庫者(即日本所刻《增類群書類要事林廣記》),余曾錄副,取其所載字譜,足與張氏玉田[④]《詞原》[⑤]及白石旁譜有可互證樂紀者,如管尺中尖一尺凡上等字。今《詞原》刊本,竝(同"並")誤為小大二字,蓋即清聲之高調耳。

又云:校此本竟,其單詞隻字,厥(其)誼(通"義"。意義,字義)緐(同"繁")區(小,細微),有足存舊聞,資異證者,以視江都陸氏所刊,

① 裴駰,南朝宋河東聞喜(今屬山西)人,字龍駒,裴松之之子。官南中郎外兵參軍。以當世學者對《史記》解釋多有分歧,乃以徐廣《史記音義》為本,兼采經、傳、諸史及前人之説,加以補充,撰為《史記集解》,與《史記》並行至今。

② 按,此語出唐人張守節《史記正義·論字例》,原文為:"《史》、《漢》文字相承已久,若'悅'字作'説','閑'字作'閒','智'字作'知','汝'字作'女','早'字作'蚤','後'字作'后','既'字作'漑','勑'字作'飭','制'字作'剬',此之般流,緣古少字通共用之。《史》、《漢》本有此古字者,乃為好本。"此處疑為誤引。

③ 按,原本误作"辰",當爲"寅"。

④ 張氏玉田即張炎(1248–?),字叔夏,號玉田,又號樂笑翁,臨安(今浙江杭州)人。高宗朝大將張俊六世孫,宋亡,落拓北游,後南歸居四明(今浙江寧波),窮困以終。工詞,詞風聲律協洽,技巧圓熟,字琢句煉,雅麗婉美。其論詞自成一派,有詞論著作《詞源》一書傳世,另有詞集《山中白雲詞》。

⑤ 《詞原》即《詞源》,兩卷,下卷論詞的創作,以周邦彥、姜夔為宗,力持"雅正清空"之説,認為辛派豪放詞"非雅詞",對清代朱彝尊等人之浙派詞頗有影響。

雖同時出於南村手鈔之遺跡，又皆雲間樓敬思所藏傳鈔之本。然參互研核，渙然有淄澠之别（淄水、澠水皆在山東，相傳二水味各不同，混合之則難以辨别，此處喻細小差别）焉。如《鷓鴣天》十六夜出之"遊"字，《慶官春》之"徑"字，《長亭怨慢》之"空"字，《淡黄柳》之"橋"字，《石湖仙》之"雨"字，《角招》之"友"字，《湘月》題敘之"練"字，《念奴嬌》之"褋"字，《卜算子》弟（古同"第"）八註中之"芘"字，《虞美人》之"巉"字，竝（同"並"）為宋本僅存之證，得此亦足多矣。

陳鋭[①]云：庚戌（即宣統二年，1910）之秋，沈子培提學使（提學使，清末省級教育行政長官，沈增植曾官安徽提學使），以仿刻《姜白石詞》見遺，其後題嘉泰壬辰，"辰"當為"戌"，以嘉泰無壬辰也。至詞中誤字亦往往而有，如《角招》起句云，"為春瘦，何堪更、遶湖盡是垂柳"，案此調第三句，本只六字，不知何時湖上多一"西"字，遂使旁註少一宫譜（"宫調譜"的簡稱，按宫調系統分類、錄有曲辭、注明工尺板眼、用以歌唱的曲譜），此皆沿舊本之失。

十九、鄭文焯校本

以遜齋本批校，其目錄首頁，題云："三四年來隨所考見，任筆漫塗（隨筆亂寫，此為自謙之詞），或出舊校，或據新獲，隨得隨失，冗複實多。嘗擬别本迻寫，質之當代宏雅。異日有校刊姜詞善本者，為之審定，附諸簡末，亦聲家（工於詞曲者）之别子（宗法制度稱諸侯嫡長子以外之子為别子，此亦為謙詞）焉。樵令逸民識於淞南客次。"又末頁跋云："校訂餘日，復述舊聞，辨按音吕（詞曲的律吕、宫調等），審勘旁譜，注之簡眉（字面意義為書簡的頂部，實指書頁的天頭），裴駰《史

① 陳鋭（1861-1922），字伯弢，一字伯濤，號袌碧，湖南武陵（今湖南常德）人。光緒十九年（1893）舉人，後任江寧知縣，兩江營務處提調、鎮江知縣等。辛亥革命後執教，曾任湖南省教育會會長。王闓運弟子，傳王衣缽，善詩詞。著有《袌碧齋集》、《袌碧齋詞》、《袌碧齋詞話》。

記集解》所謂有此古字,乃是好本。又云豫是有益,悉是鈔內。[①]此其義例(著書的主旨和體例)耳。樵風詞老記於琴西寮(liáo,小屋),時雪中山茶盛荂(fū,茂盛),窗外竹聲振風,泠然如聞碎玉,亦濟勝具也。"鄭本頗見精塙(què,同"确",精密確切),鄭沒後其稿本入南海康有為[②]家,十六年(此當指民國十六年,1927)春觀康氏藏書,主人以是見詒。今特為之錄入斯編,以供同好。

---

① 裴駰《史記集解·序》云:"考較此書,文句不同,有多有少,莫辯其實,而世之惑者,定彼從此,是非相貿,真偽舛雜。故中散大夫東莞徐廣研核眾本,為作《音義》,具列異同,兼述訓解,粗有所發明,而殊恨省略。聊以愚管,增演徐氏(廣),采經傳百家並先儒之說,豫是有益,悉皆鈔內。"

② 康有為(1858-1927),字廣廈,號長素,又號更生,世稱"南海先生",廣東南海人。清光緒二十一年(1895)進士,授工部主事。光緒二十四年主持新政,戊戌政變後,逃亡日本,組織保皇會,反對民主革命。辛亥革命後,任孔教會長,極力反對共和,又曾參與清帝復辟。著有《新學偽經考》、《孔子改制考》、《大同書》、《康南海先生詩集》等。

附錄：沈遜齋本六卷目錄與許刻四卷別集一卷目錄比較表

白石道人歌曲目錄	**白石道人歌曲目錄**
卷之一	卷一
皇朝鐃歌吹曲十四首	聖宋鐃歌鼓吹十四首
琴曲一首	上帝令
	河之表
	淮海濁
	沅之上
	皇威暢
	蜀山邃
	時雨霈
	望鍾山
	大哉仁
	謳歌歸
	代功繼
	帝臨墉
	維四葉
	炎精復
卷之二	
越九歌	越九歌
帝舜	帝舜

王禹	王禹
越王	越王
越相	越相
項王	項王
濤之神	濤之神
曹娥	曹娥
龐將軍	龐將軍
旌忠	旌忠
蔡孝子	蔡孝
	琴曲一首
	古怨
卷之三	卷二
令	令
小重山	小重山令
江梅引	江梅引
鬲山溪	鬲山溪
鶯聲繞紅樓	鶯聲繞紅樓
鬲溪梅令	鬲溪梅令
阮郎歸二首	阮郎歸二首
好事近	好事近
點絳唇二首	點絳唇二首
巫山十二峯二首[一]	虞美人二首
憶王孫	憶王孫
少年游	少年游
鷓鴣天七首	鷓鴣天七首
夜行船	夜行船

杏花天影
醉吟商小品
玉梅令
踏莎行
訴衷情
浣溪紗六首

卷之四

慢

霓裳中序第一
慶春宮
齊天樂
滿江紅
一萼紅
念奴嬌二首
眉嫵二首
月下笛
清波引
法曲獻仙音
琵琶仙
玲瓏四犯
側犯
水龍吟
探春慢
八歸
解連環
喜遷鶯

杏花天影
醉吟商小品
玉梅令
踏莎行
訴衷情
浣溪紗六首

卷三

慢

霓裳中序第一
慶春宮
齊天樂
滿江紅
一萼紅
念奴嬌二首
眉嫵二首
月下笛
清波引
法曲獻仙音
琵琶仙
玲瓏四犯
側犯
水龍吟
探春慢
八歸
解連環
喜遷鶯

摸魚兒	摸魚兒
卷之五	卷四
自度曲	自製曲
揚州慢	揚州慢
長亭怨慢	長亭怨慢
澹黃柳	澹黃柳
石湖仙	石湖仙
暗香	暗香
疏影	疏影
惜紅衣	惜紅衣
角招	角招
徵招	徵招
卷之六	
自製曲[二]	
秋宵吟	秋宵吟
淒涼犯	淒涼犯
翠樓吟	翠樓吟
湘月	湘月
白石道人歌曲目錄終	別集
	小重山令
	念奴嬌
	卜算子八首
	洞仙歌
	鶯山溪

(一) 鄭文焯云:陸刻作《虞美人》二首,此作《巫山十二峯》,當出宋本。

(二) 鄭文焯云:自度曲,與自製曲,略別如此,陸刻以意迸合之。

柱按:今攷白石各詞自叙,於《揚州慢》云“因自度此曲”,《淡黃柳》云“因度此闋”,《長亭怨慢》云“予頗自喜製曲”,《惜紅衣》云“自度此曲”,《角招》云“予每自度曲”,此沈本題“自度曲”者也。而《長亭怨慢》則言“製”,《翠樓吟》云“度曲見志”,《湘月》云“予度此曲”,此沈本題“自製曲”者也,而皆謂之“度”。然則自度曲與自製曲,似無別也。今以沈本為舊本,故仍區別之。

卷二

白石道人事略

姜夔(據夏承燾先生考證,姜夔約生於宋高宗紹興二十五年,卒於宋寧宗嘉定十四年,即 1155–1221)字堯章,系出九真[①],唐諫議大夫[②]、同中書門下平章事[③]公輔[④]之裔。八世祖泮,任饒州(今江西鄱陽)教授[⑤],即家於鄱陽。父噩,紹興庚午(即紹興二十年,1150。按,當為紹興庚辰,即紹興三十年,1160,此誤)擢進士第,以新喻(今江西新餘)丞[⑥]

---

① 九真,郡名。西漢呂后、文帝時南越趙佗置,元鼎六年(前 111)平南越後地入漢。治胥浦縣(今越南清化省東山縣北),轄境相當今越南清化全省及義安省部分地區。南朝宋移治移風縣(今越南清化省清化西北)。梁、陳間廢。隋大業三年(607)改愛州復置,唐武德五年(622)復為愛州。

② 諫議大夫,官名。始置於後漢,掌顧問應對及隨皇帝詔令所使。唐德宗時分左、右,左屬門下省,右屬中書省,各四人,秩正四品。

③ 同中書門下平章事,唐朝宰相稱號。唐初在名義上雖以三省長官為宰相,實際上皇帝又指令其他官員參預朝政機密,因官階品較低,故加"同中書門下三品"或"同中書門下平章事"的頭銜,其實也是宰相。"平章"原意為商量處理,"同中書門下平章事"意即為同中書省、門下省的長官共同商處朝政大事。

④ 姜公輔,愛州日南(今越南清化)人。唐代宗大曆中登進士第,授校書郎。以制策異等入為翰林學士,後兼京兆尹戶曹參軍。建中四年(783)拜諫議大夫、同平章事。以諫唐安公主薄葬忤旨,罷為左庶子,再貶泉州別駕。順宗立,遷吉州刺史,未就官卒。事跡詳見《舊唐書》卷一三八、《新唐書》卷一五二《姜公輔傳》。

⑤ 教授,學官名。宋代始置於東宮、大宗正司、諸王府,為皇侄、皇孫講授經學。國子監所領之武學、律學亦置。後或改名博士。宋仁宗慶曆四年(1044),令諸州、軍、監各立學,置教授,負責訓導、考核諸生。

⑥ 按,此處原本脫一"喻"字。新喻丞即縣丞之官,為縣的副貳長官,佐令、長掌縣政。

知漢陽縣(今湖北武漢)。夔從父宦游,流落古沔(miǎn,沔水即今漢江),恬憺(dàn,清靜淡泊)寡欲,不樂時趨(時尚,時俗),氣貌若不勝衣。工書法,箸(古同"著")《續書譜》[①]以繼孫過庭(字虔禮,唐初吳郡人。官率府錄事參軍。草書學王羲之,著有《書譜》二卷,現存其序、卷上),頗造翰墨閫(kǔn)域(境地,境界)。詩律高秀,詞亦精深華妙,尤嫻於音律。初學詩於蕭㪺[②],攜至苕(tiáo)上(苕即苕溪,苕上借指湖州),遂以兄子妻之。時張燾[③]、楊萬里皆折節(屈己下人)與交,而樓鑰[④]、范成大[⑤]更相友善。成大曾以青衣(本為古時地位低下者所穿的服裝,因婢女多穿青衣,後用為婢女的代稱)小紅贈之。紹興(宋高宗年號,共32年,1131–1162)中,秦檜[⑥]當國,隱箬(ruò)坑之丁山(在今江西

① 按,"續"字原本誤作"讀"。

② 按,蕭㪺當為蕭德藻,此處誤為元人蕭㪺。德藻,字東夫,號千巖老人,閩清(今屬福建)人。宋高宗紹興二十一年(1151)進士。官烏程(今浙江湖州南)令,終福建安撫司參議。能文,而詩名尤盛,楊萬里曾極力推崇其詩之工緻。所著《千巖擇稿》已佚。

③ 張燾(1092–1166),字子公,饒州德興(今屬江西)人。宋徽宗政和八年(1118)進士。靖康中,為李綱幕僚,綱貶,燾亦貶。高宗時官至權吏部尚書,因反對議和,得罪秦檜。出知成都府兼本路安撫使,頗有治績。後賦閑十三年,秦檜死,出知建康府兼行宮留守。孝宗受禪,除同知樞密院事,遷參知政事。卒,謚忠定。事跡詳見《宋史》卷三八二《張燾傳》。

④ 樓鑰(1137–1213),字大防,號攻媿主人,明州鄞縣(今浙江寧波)人。宋孝宗隆興元年(1163)進士。光宗時,任起居郎兼中書舍人,兼直學士院。後以論事忤韓侂胄,去官。韓死,起用為翰林學士,遷吏部尚書兼翰林侍講。後官至同知樞密院事,進參知政事。通貫經史,文辭精博,善書法,著有《攻媿集》。事跡詳見《宋史》卷三九五《樓鑰傳》。

⑤ 范成大(1126–1193),字致能,號石湖居士,吳郡(今江蘇蘇州)人。宋高宗紹興二十四年(1154)進士。歷任徽州司戶參軍、樞密院編修、禮部員外郎、起居舍人等職。乾道六年(1170)奉命赴使金國,不辱使命,名震海內。累官至參知政事。淳熙九年(1182)自請放歸鄉里,居於蘇州附近石湖。能詩詞,工書法,著有《吳郡志》、《吳船錄》、《桂海虞衡志》、《攬轡錄》、《石湖居士詩集》等。事跡詳見《宋史》卷三八六《范成大傳》。

⑥ 秦檜(1090–1155),字會之,江寧(今江蘇南京)人。宋徽宗政和進士。北宋末年任御史中丞,隨徽、欽二帝俘至金國。宋高宗時因主張議和受重用,官至 (转下页)

德興)。參政[①]張燾累薦不起。高宗賜宸翰(帝王筆跡),建御書閣以儲。夔嘗患樂典久墜,欲正頌臺(太常寺别稱,掌陵廟群祀,禮樂儀制等事)樂律。寧宗[②]慶元丁巳(即慶元三年,1197),上書論雅樂(帝王祭祀天地、祖先及朝賀、宴享時所用的舞樂),并進《大樂議》,詔付有司收掌,時有嫉其能者,以議不合而罷。己未(即慶元五年,1199),作《鐃歌鼓吹》曲一十四章,上於尚書省奏,詔付太常。周密[③]以為"言辭峻絜,意度高遠,有超越驊騮(周穆王八駿之一,泛指駿馬,此指才華出衆者)之意",非虚譽也。居與白石洞天為鄰,因號為白石道人。時往來西湖,館水磨方氏。後以疾卒,葬西馬塍(chéng,宋代杭州的遊樂地,《淳祐臨安志》稱:"土細宜花卉,園人多工於種接,為都城之冠")。故蘇泂(jiǒng)[④]挽之云:"幸是小紅方嫁了,不然啼(同"啼")損馬塍花。"箸有《琴瑟考古圖》一卷,《絳帖平》二十卷,《禊帖偏旁考集》(禊帖,晉王羲之所書法帖《蘭亭序》的别稱),《古印譜》(即《集古印譜》,已

(接上页注⑥)右相兼樞密院事,排斥異己,把持朝政,專主和議。卒,贈申王,謚忠獻。寧宗即位,追奪其王爵,改謚繆醜。事跡詳見《宋史》卷四七三《奸臣傳三・秦檜傳》。

① 參政為參知政事簡稱。唐制,以三省長官:尚書令、左右僕射、待中、中書令為宰相。他官參與國政者,常以"參知政事"議政,位次宰相。宋初沿置,參知政事與宰相、樞密使及副使,合稱"宰執",為中央最高政務官。

② 宋寧宗趙擴(1168-1224),光宗次子,在位三十一年。紹熙五年(1194),孝宗死,光宗稱疾不出執喪,由趙汝愚、韓侂胄等擁立為帝。次年,罷趙汝愚,禁道學,專任韓侂胄。開禧北伐失敗,楊皇后與史彌遠等相結,殺韓侂胄求和。其後,史彌遠專權,寧宗基本上不問國事。

③ 周密(1232-1298),字公謹,號草窗、蘋洲、四水潛夫、弁陽老人等,原籍濟南,宋室南渡,其先世寓居吳興(今浙江湖州)。早年隨父來往閩、浙,景定間,為臨安府幕屬,後監和劑局、豐儲倉,為義烏令。宋亡不仕,居杭州,以輯錄故國文獻自任。兼擅詩詞、書畫。有《草窗詞》、《武林舊事》、《癸辛雜識》、《齊東野語》、《雲煙過眼錄》等,編有《絕妙好詞》。

④ 蘇泂,字召叟,蘇頌裔孫,山陰(今浙江紹興)人,外祖孫綜,與陸游為外兄弟。入建康幕府,又嘗以薦得官,終偃蹇不遇以老。生平所與往來唱和者,如辛棄疾、劉過、王柟、潘檉、趙師秀、周文璞、姜夔、葛天民等,皆一時名士。又嘗學詩於陸游,有《泠然齋詩集》八卷。

佚),《張循王遺事》(已佚。張循王即南宋初將領張俊,其追封循王),《白石道人叢藁》十卷,《詩説》一卷,《歌曲》四卷。子二:瓊,太廟齋郎(祠祭行事官名、蔭補官名。非品官,隸太常寺);瑛,嘉禾郡僉判。嚴杰《白石道人小傳》。

以上見《詁經精舍文集》。①

慶元三年(1197)丁巳四月□日,饒州布衣姜夔上書論雅樂事,並進《大樂議》一卷,《琴瑟考古圖》一卷,詔付奉常(本為為秦九卿之一,掌宗廟禮儀,漢改稱太常,此處代指太常寺)。有司以其用工頗精,留書以備採擇。《慶元會要》("會要"為記載一代典章制度之書)。

海昌(今浙江海寧的古稱)人家有古琴,音韻清越,相傳是單炳文(即單煒,字炳文,號定齋居士,沅陵人。善畫竹,博學能文,又善考訂)遺堯章,背有銘曰:"深山長谷,雲入我屋。單伯解衣,作葛天(即古帝王葛天氏)之曲。懷我白石,東望黃鵠。"《硯北雜誌》(元陸友仁著)。

小紅,順陽公即范石湖。青衣也,有色藝。順陽公之請老,姜堯章詣之。一日,授簡徵新聲,堯章製《暗香》、《疏影》兩曲。公使二妓肄習(練習;演習)之,音節清婉。姜堯章歸吳興(今浙江湖州),公尋以小紅贈之。其夕大雪,過垂虹,賦詩曰:"自琢新詞韻最嬌,小紅低唱我吹簫。曲終過盡松陵路,回首煙波十四橋。"堯章每喜自度曲,小紅輒歌而和之。堯章後以疾沒,故蘇石(當作"泂")挽之云:"幸是小紅方嫁了,不然啼損馬塍花。"宋時花藥(芍藥)皆出東、西馬塍。西馬塍皆名人葬處,白石沒後葬此。同上。

---

① 按,上文為詁經精舍課題《擬南宋姜夔傳》之作,嚴杰為精舍生,同作者尚多。又,文中錯訛頗多,除前注已提及外,"紹興中,秦檜當國,隱箬坑之丁山,參政張燾累薦不起","館水磨方氏"皆誤,今人夏承燾《姜白石詞編年箋校》已辨之。

姜堯章詩學[①]于蕭千巖，琢句精工，有《姑蘇懷古》詩，楊誠齋喜誦之。嘗以詩《送江東集歸誠齋》，二詩俱見集中。[②] 誠齋大稱賞，謂其家嗣（嫡長子）伯子[③]曰："吾與汝勿如姜堯章也。"報之以詩，云："尤蕭范陸四詩翁，此後誰當第一功。新拜南湖為上將，近（"近"應為"更"，原本誤作"近"）差白石作先鋒。可憐公等皆癡絕，不見詩人到老窮。謝遣管城儂已晚，酒泉端欲[④]乞疏封。"（《進退格寄張功父姜堯章》）南湖謂張功甫[⑤]也。《鶴林玉露》（宋羅大經撰）。

嚴州（今浙江桐廬西北）烏石寺在高山之上，有岳忠武飛[⑥]、張循王俊[⑦]、劉太尉光世[⑧]題名。劉不能書，令侍兒（使女，女婢）意真代

① 按，據《鶴林玉露》丙集卷二"姜白石"條，"詩學"當作"學詩"。

② 《姑蘇懷古》詩云："夜暗歸雲繞柁牙，江涵星影鷺眠沙。行人悵望蘇臺柳，曾與吳王掃落花。"《送江東集歸誠齋》一詩《鶴林玉露》引作："翰墨場中老斫輪，真能一筆掃千軍。年年花月無虛日，處處江山怕見君。箭在的中非爾力，風行水上自成文。先生只可三千首，回視江東日暮雲。"此詩《白石道人詩集》卷下題作《送朝天續集歸誠齋》。

③ 伯子即楊長孺（1157–1236），字伯子，號東山，吉州吉水（今屬江西）人。宋光宗紹熙元年（1190）以蔭補永州零陵簿。寧宗嘉定間知湖州，尋改贛州。九年（1216），遷廣東經略安撫使兼知廣州。十三年，改福建安撫使兼知福州。理宗初改江西提刑，以敷文閣直學士致仕。端平初，累詔不起，以集英修撰致仕家居，卒。

④ 按，"欲"字原本誤作"款"。

⑤ 張功甫即張鎡（1153–1211），字功父，一作功甫、時可，號約齋，張俊孫。累官承事郎、直秘閣、權通判臨安府事。宋寧宗開禧三年（1207），為左司郎官，參與謀殺韓侂冑。後因與宰相史彌遠忤，貶死象臺（今廣西象臺）。有詩名，又善畫竹石古木，喜結交賓客，以侈靡著稱於世。

⑥ 岳飛（1103–1142），字鵬舉，相州湯陰（今屬河南）人。宋徽宗宣和末，應募從軍。英勇善戰，屢建奇功，官至樞密副使，封武昌郡開國公。後以堅持抗金，反對和議，為高宗、秦檜所殺。孝宗淳熙六年（1179），追謚武穆。寧宗嘉定四年（1211），追封鄂王。理宗淳祐六年（1246），改謚忠武。事跡詳見《宋史》卷三六五《岳飛傳》。

⑦ 張俊（1086–1154），字伯英，成紀（今甘肅天水）人。南宋初年名將，任江淮路招討使，討叛禦敵。紹興議和，附合秦檜，首請解除兵權，授樞密使，助檜構成岳飛之獄。晚年，拜太師，封清河郡王。死後追封循王。按，"俊"字原本誤作"浚"。事跡詳見《宋史》卷三六九《張俊傳》。

⑧ 劉光世（1089–1142），字平叔，保安軍（今陝西志丹）人。北宋末，因擊 （转下页）

書,姜堯章題詩云:“諸老凋零極可哀,尚留名姓壓崔嵬。劉郎可是疏文墨,幾點臙脂涴(wò,污,弄髒)綠苔。”同上。

以上見《白石道人逸事》。(清許增輯)

姜堯章長於音律,嘗著《大樂議》,欲正廟樂(宗廟之樂)。慶元五年(1199),詔付奉常有司收掌,令太常寺與議大樂,時嫉其能,是以不獲盡其所議。人大惜之。《吳興掌故》(明徐獻忠編)。

先是,孝宗廟乃用《大倫之樂》,光宗[1]廟用《大和之樂》,以肅祀事。[2] 當時中興六七十載之間,士多歎樂典之久墜,類(大抵,大都)欲蒐講古制,以補遺逸。於是,姜夔乃進《大樂議》於朝。《宋史·樂志》。

鄱陽姜堯章,流寓吳興,嘗暇日游金閶(chāng,蘇州有金門、閶門兩城門,故以“金閶”借指蘇州),裴回(同“徘徊”,留念之意)弔古,賦柳枝詞,有“行人悵望蘇臺柳,曾與吳王掃落花”之句(句出《姑蘇懷古》),楊誠齋極喜誦之。蕭東父尤愛其詞,以其兄之子妻之。《樂府紀聞》(成書於清初,撰者已不可考)。

姜石帚館水磨方氏之水磨頭,近石函橋。(姜石帚為宋末元初杭

(接上页注⑧)方臘,授奉國軍承宣使。南宋初屢擔重任,但律身不嚴,馭軍無法,不肯為國任事。紹興七年(1137),引疾罷去兵權,拜少師,卒。按,原本脫一“世”字。事跡詳見《宋史》卷三六九《劉光世傳》。

① 宋光宗趙惇(1147-1200),孝宗第三子,在位六年。初封恭王,後立為太子。淳熙十六年(1189),受孝宗禪,即帝位。在儲君問題上與孝宗產生齟齬,又偏信李皇后之言,懷疑孝宗有廢立之意。紹熙五年(1194),孝宗死。太皇太后吳氏從趙汝愚等所請,強迫光宗退位,立其子趙擴即帝位。

② 按,此句後《宋史·樂志六》尚載:“至是,寧宗祔廟,用《大安之樂》。紹定三年,行中宮冊禮,並用紹熙元年之典。及奉上壽明仁福慈睿皇太后冊寶,始新制樂曲行事。”

州士子,與姜白石非為一人,今人夏承燾有《石帚辨》考之甚詳)

廖瑩中羣玉[①],號藥洲,刻陳簡齋[②]、姜堯章、任希逸[③]、盧柳南(即盧方,號柳南,永嘉人。嘉熙間進士,為瑞州教授。能詩)四家遺墨十三卷。《志雅堂雜》(書名當作《志雅堂雜鈔》,宋人周密撰,此處廖氏所刻為《世綵堂小帖》)。

白石撰有《絳帖平》、《續書譜》、《大樂議》、《張循王遺事》、《集古印譜》。《絕妙詞箋》(《絕妙好詞》,宋周密輯,清查為仁、厲鶚箋)。

以上節錄《白石道人逸事補遺》。(清許增輯)

---

① 廖瑩中,字群玉,號藥洲,邵武軍(今屬福建)人。少有文才,文章古雅,宋理宗時登進士,為賈似道之門客。嘗薦除太府丞,知某州,以居翹館皆不赴。善屬文,工書法,為當時著名刻書家。賈似道得罪,瑩中相從不舍。一夕與似道痛飲,悲歌雨泣,五更歸舍,服冰腦而死。

② 陳簡齋即陳與義(1090-1138),字去非,號簡齋,洛陽(今屬河南)人。宋徽宗政和三年(1113),登上舍甲科,授文林郎、開德府教授等職。南宋紹興間,歷中書舍人、吏部侍郎、翰林學士,官至參知政事。八年(1138),以資政殿學士、提舉臨安洞霄宮終。容狀嚴格,不妄言笑,詩學杜甫,後人將其和杜甫、黃庭堅、陳師道尊為江西詩派的"一祖三宗"。事跡詳見《宋史》卷四四五《文苑傳七·陳與義傳》。

③ "任希逸"當作任希夷(1156-?),字伯起,號斯庵,眉州(今屬四川)人。少刻意問學,為文精苦。宋孝宗淳熙三年(1176)登進士。從朱熹學,篤信力行。寧宗時主太常寺簿,遷禮部尚書兼給事中,進端明殿學士、知樞密院事兼參知政事。史彌遠柄國久,執政皆具員,議者頗譏其沉默。卒,贈少師,謚號"宣獻"。事跡詳見《宋史》卷三九五《任希夷傳》。

附錄一：乾隆寫本九真姜氏世系表略

按,姜氏望天水,後分上邽(今甘肅天水)、九真兩系,公系本九真,故《春日書懷》有"九真何蒼蒼,乃在清漢尾"語(句出《春日書懷四首》第一)。

公輔	忠	誠	援
唐上元進士,德宗朝宰相。諱忠肅,愛州藉,家欽州。	左拾遺。	貞元十六年進士,少府大監。	唐末荊州錄事。
照	靜	泮	岵
五季南平高氏辟從事。	宋初肇慶府判。	饒州教授,因家上。	承信郎。
俌	頤	俊民	元鬯(chàng)
光祿寺簿。	太常博士。	紹興八年進士,祕閣修撰。	太學錄。
噩	夔	瓊	
紹興三十年進士,知漢陽縣。	慶元五年以樂書準解,自饒州徙湖州。	大廟齋郎	

況周頤云:"按,據《世系》,姜氏為公輔之裔。公輔藉愛州日南(今越南清化),則白石故粵產也。"

附錄二：乾隆寫本《白石道人詩詞年譜》

（清姜虬綠撰）

孝宗隆興元年(1163)癸未 二年(1164)甲申

公父肅父公宰漢陽，按，肅父公諱噩，紹興庚辰(即紹興三十年，1160)進士。時公尚幼，隨任在沔。見《探春慢》詞序。

乾道元年乙酉(1165)至九年癸乙(1173)

公在沔，有《女郎山》詩。按，晚歲有《書懷》詩："垂楊大別寺，春草郎官湖"(句出《春日書懷四首》第三)，皆在沔事境。姊氏嫁漢川(今屬湖北)，據《探春慢》詞序有"中去復來，幾二十年"云云，語在丙午(淳熙十三年，1186)冬，故知屬戊子(乾道四年，1168)、已丑(乾道五年，1169)數年間事也。肅父公卒。《昔遊詩》序稱"早歲孤貧"①，當在乾道間。

淳熙元年甲午(1174) 二年乙未(1175)

公依姊氏山陽(今江蘇淮安)，間歸饒州。有《于越亭》詩。

三年丙申(1176)

至日(冬至日)過維揚(今江蘇揚州)。有《揚州慢》。按，公《念奴嬌》詞序："予客武陵(今湖南常德)，《昔遊詩》："昔遊洞源山，先次白馬渡"(句出《昔遊詩》第九，他本或作"昔遊桃源山")及"放舟龍陽縣，洞庭包五河"(句出《昔遊詩》第二)，皆武陵境。湖北憲治在焉。"攷千巖老人，

---

① 《昔遊詩》序云："夔蚤歲孤貧，奔走川陸。數年以來，始獲寧處。秋日無謂，追述舊遊可喜可愕者，吟為五字古句。時欲展閱，自省生平，不足以為詩也。"

曾參議湖北(即荊湖北路安撫司參議官,為安撫司高級幕僚,許簽書文書),公客武陵,殆(大概)客蕭邸耶?蕭字東夫,名德藻,肅父公同榜進士。乾道間宰烏程,因留家弁山,所居有千巖之勝,自號"千巖"。《傳》謂蕭以兄子妻公,雖未定何年,大約丙申後,丙午前,十年間事也。

十三年丙午(1186)

客長沙。《昔遊詩》:"青草長沙境,洞庭渺相連"(句出《昔遊詩》第八),又"蕭蕭湘陰縣,寂寂黃陵祠"(句出《昔遊詩》第四),皆長沙境。有《過湘陰寄千巖》詩。人日(正月初七)登定王臺(在長沙,西漢景帝之子長沙定王劉發所築)。有《一萼紅》。立夏日遊南岳。《昔遊詩》:"昔遊衡山上,未曉入幽谷"(句出《昔遊詩》第十一),當指是時,以下有雷雨句可證(指詩中"下方雷雨時,此上自晴旭"一句)。又"昔遊衡山下,看水入朱陵"(句出《昔遊詩》第十),是在雪霽後,殆又一時也。至雲密峯(衡山諸峰之一),遇若士(指仙人),以《詩說》見投。[1] 秋登祝融峯(衡山主峰)。有《霓裳中序》第一七月既望,楊聲伯時典長沙約與蕭和父、裕父、時父、恭父(皆蕭德藻子侄)大舟浮湘。有《湘月詞》。八月,寓山陽姊氏。有《浣溪紗》。冬十二月,千巖老人約往苕霅(zhá,即苕溪、霅溪,皆在湖州,借指浙江湖州),遂發沔口,有《別沔鄂親友》十詩(詩題原作《以長歌意無極好為老夫聽為韻奉別沔鄂親友》)。乘濤載雪而下。有《探春慢》。

---

① 《白石道人詩說》序稱:"淳熙丙午立夏,余遊南嶽,至雲密峰,徘徊禹溪橋下上。愛其幽絕,即屏置僕馬,獨尋溪源,行且吟哦。顧見茅屋蔽虧林木間,若士坐大石上,眉宇閫爽,年可四五十,心知其異人,即前揖之,相接甚溫。便邀入舍內,煎苦茶共食。從容問從何來,適吟何語。余以實告,且舉似昨日望嶽'小山不能雲,大山半為天'之句。若士喜,謂余可人。遂探囊出書一卷,云是《詩說》,'老夫頃者常留意茲事,故有此書。今無作矣,徑以付君。'余益異之,然匆匆不暇觀,但袖藏致謝而已。問其年,則慶曆間生。始大驚,意必得長生不老之道。再三求教,笑而不言,亦不道姓名。再相留,啖黃精粥。余辭以與人偕來,在官道上相候。告別出,至橋上馬。遍詢土人,無知者。惟一老父歎曰:'此先生久不出,今猶在耶?'欲與語,忽失所在。悵然而去。晚解鞍細讀,其書甚偉,常置枕中,時時玩味,好事者有聞,間來取觀,亦不靳也。昔軒轅、彌明能詩,多在南山,若士豈其儔哉!"

過武昌(今湖北武漢)。有《翠樓吟》。《雪中六解》"黃鶴磯邊晚渡時"指此度揚子。《昔遊詩》:"揚舲下大江,日日風雨雪" (句出《昔遊詩》第七),又"既離湖口縣,程程見廬山"(句出《昔遊詩》第十三),正爾時事。

十四年丁未(1187)

正月元日,過金陵(今江蘇南京)江上。有《踏莎行》。二日,道金陵。有《杏花天影》。夏,依千巖。有《千巖曲水》詩,又《惜紅衣》詞。冬,達吳淞(今屬上海)。有《點絳唇》詞,又《三高祠》詩。按,公《姑蘇懷古》詩當在是時。

十五年戊申(1188)

客臨安(今浙江杭州),還寓苕溪。按,公嘗寓吳興張仲遠家,有《百宜嬌》詞(夏承燾認為該詞應為姜夔在湘中作),未知在何年。

十六年已酉(1189)

寓苕溪。早春尋梅北山沈氏圃,有《夜行船》詞。夏與蕭時父載酒南郭,有《琵琶仙》詞。

光宗紹熙元年庚戌(1190)

卜居白石洞下,號白石道人。有《白石歌》①。按,公已酉以前,但僑寄雪川,未成卜築(擇地建宅),故《夜行船》詞序,止稱"歲寓吳興",且其指蒼弁(又稱弁山,在湖州西北)為北山。又載酒曰南郭,則寓在郡中,絕非山林可知。而辛亥(即次年,紹熙二年)除夕,别石湖(在今蘇州西南,與太湖通,范成大晚年寓居此地)乃稱"歸苕",曰歸則居

① 此詩原題作《予居苕溪上與白石洞天為鄰潘德久字予曰白石道人且以詩見畀其詞曰人間官爵似樗蒲采到枯松亦大夫白石道人新拜號斷無繳駁任稱呼予以長歌報之》。

然有家矣。據前後年事蹟竝(同"並")論,則公之卜築在是年無疑。周方泉[①]題公新成草堂詩,有"多種竹將挑筍(同"笋")喫(同"吃"),旋栽松待斫柴燒"及"猶有住山窮活計"。[②] 與公自序所謂"與白石洞天為鄰"脗(同"吻")合。則所居已在山,非復城市,明矣。

二年辛亥(1191)

正月二十四日,發合肥(今屬安徽)。有《浣溪紗》。晦日,泛巢湖。有平韻[③]《滿江紅》。寒食,寓合肥城南赤闌橋西。有《淡黃柳》。夏六月,復度(過)巢湖。刻《仙老來》詞于柱間。過牛渚。有詩。至金陵,謁楊誠齋。有《送朝天集歸誠齋》詩及《醉吟商小品》,楊有送公謁石湖長句(詩題作《送姜夔堯章謁石湖先生》),公有次誠齋記韻作(即《次韻誠齋送僕往見石湖長句》一詩)。秋,寓合肥。有《淒涼犯》。冬,載雪詣石湖,有《雪中訪石湖》詩。按,《醉吟商》序,公識石湖已在謁誠齋以前。止月餘,有《玉梅令》。石湖徵新聲,以青衣小紅見贈。有《暗香》、《疏影》二詞。除夕,別石湖歸苕,有《除夜歸苕溪》十絕(即《除夜自石湖歸苕溪》)。雪後趟垂虹。有"小紅低唱我吹簫"之詩。

三年壬子(1192)

按,辛亥除夕詩"但得明年少行役"[④],是歲殆居苕不出。

---

① 周方泉即周文璞,字晉仙,號方泉,又號野齋、山楹,陽谷(今屬山東)人。少聰慧,以能詩名。宋寧宗時仕為內府守藏史,旋以事去官,卜居吳之鳳山,山有方泉,因以為號。與姜夔、葛天民、韓淲為詩友,唱和頗多。其詩作以古體、七絕為主,著有《方泉集》四卷。

② 周文璞《題堯章新成草堂》附於《白石道人詩集》,全詩為:"早将心事付漁樵,若被幽人苦見招。多種竹将挑筍喫,旋栽松待斫柴燒。壁間古畫身都碎,架上枯琴尾半焦。猶有住山窮活計,仙經盈卷一村瓢。"按,周氏《方泉詩集》卷四題作《題堯章新成山堂》。又,"挑"、"住"字原本誤作"桃"、"佳"。

③ 按,"韻"字原本誤作"均"。

④ 句出《除夜自石湖歸苕溪》第八,全詩為:"桑間篝火却宜蠶,風土相傳我未諳。但得明年少行役,只裁白紵作春衫。"

四年癸丑(1193)

春,客越中。有《越九歌》、《同張平甫遊禹廟》詩(即《陪張平甫遊禹廟》),《與朴翁登臥龍山》(即《同朴翁登臥龍山》)及《次朴翁蘭亭》詩(即《次朴翁遊蘭亭韵》)、《越中士女春遊》詩、《項里梅》詩(即《項里》)、《蕭山》詩,有次蓬萊閣《漢宮春》詞,夜泛鑑湖《水龍吟》詞。上下西興錢清間(在今杭州、紹興之間),欲家未果。有《徵招》詩。歲暮留越。有《玲瓏四犯》詞。

五年甲寅(1194)

春,同張平甫(即張鑑,字平甫,張鎡異母兄弟,張俊孫)自越還吳,客湖上(指杭州西湖)。時觀梅於孤山之西村,有《鶯聲繞紅樓》及《角招》詞。

寧宗慶元元年乙卯(1195)

春,同張平甫自南昌(今屬江西)同遊西山。有《鷓鴣天》。

二年丙辰(1196)

春,與張平甫約治舟往封禺(即封嵎,封山和嵎山的並稱,在今浙江德清縣莫干山附近)。見《鷓鴣天》序,以平甫欲往度生日故,然《阮郎歸》詞有"平甫壽月,同宿湖西定香寺",恐防風之約,未必果往。秋,與張功甫(即張鎡)會飲張達可(張鎡舊字時可,達可當是其兄弟輩)家。有《蟋蟀》詞。是秋依朴翁①寓封禺。有《武康丞宅詠牽牛花》詩(即《武康丞宅同朴翁詠牽牛》)。冬,與張平甫、俞商卿②、銛朴翁自封禺同載詣梁溪

① 朴翁即葛天民,字無懷,越州山陰(今浙江紹興)人,徙台州黃岩(今浙江臨海)。南宋中期詩人。初為僧,名義銛,字朴翁。後返初服,隱居錢塘湖,與楊萬里、姜夔、葉紹翁等友善,詩文唱和,吟詠自樂。詩存約百首,多清麗明快,有《無懷小集》一卷傳世。

② 俞商卿即俞灝(1146-1231),字商卿,湖州烏程(今浙江湖州)人。宋光宗紹熙進士,歷任知縣、知安豐軍、常德府。曾反對韓侂胄對金用兵,寧宗嘉定七年(1214)提舉湖北常平茶鹽,官至太中大夫。理宗寶慶二年(1226)致仕,築室西湖九里松以詩酒自娛,自號青松居士,著有《青松居士集》。

(水名,在無錫城西,舊為無錫之别稱)。公有云"平甫欲割錫山之田以養某"[①],疑即是時。道經吳淞,有《慶宫春》。止梁溪月餘,謁尤延之[②]當在爾時。將詣淮,不果,有《江梅引》。遂歸。有《隔溪梅》。臘月,與商卿、朴翁同寓新安(鎮名,在無錫東南三十里)溪莊舍。有《浣溪紗》。歲不盡五日(除夕前五日),歸舟過吳淞。有《浣溪紗》。

三年丁巳(1197)

元日,家居。《鷓鴣天》。夏四月,上書論雅樂,竝(同"並")進《大樂議》一卷、《琴瑟考古圖》一卷,詔付奉常同寺官(指太常寺屬官)校正,不合,歸。秋寓湖上。有《七月聖書事》(即《丁巳七月望湖上書事》),又《和轉庵丹桂》(即《和轉庵丹桂韻》)詩。

四年戊午(1198)

寓湖上。有《戊午春帖子》。

五年己未(1199)

上《聖宋鐃歌鼓吹曲》十二章,詔免解(指免於參加地方發解試,直接獲得參加禮部省試的資格),與試禮部,不第。

---

① 周密《齊東野語》卷十二《姜堯章自叙》載:"舊所依倚,惟有張兄平甫,其人甚賢。十年相處,情甚骨肉。而某亦竭誠盡力,憂樂關念。平甫念其困躓場屋,至欲輸資以拜爵,某辭謝不願,又欲割錫山之膏腴以養其山林無用之身。惜乎平甫下世,今惘惘然若有所失。人生百年有幾,賓主如某與平甫者復有幾?撫事感慨,不能為懷。"

② 尤延之即尤袤(1127-1202),字延之,號遂初居士,無錫(今屬江蘇)人。宋高宗紹興十八年(1148)進士,曾任泰興令,孝宗朝,累遷權中書舍人兼直學士院,光宗即位,以曾任東宫官而深受信任,召為給事中,官至禮部尚書兼侍讀。立朝敢言,守法不阿。喜藏書,善詩,與楊萬里、范成大、陸游齊名,作品多已散失,清人輯有《梁溪遺稿》。事跡詳見《宋史》卷三八九《尤袤傳》。

六年庚申(1200)

寓湖上。有《湖上寓居》數詩並《雜詠》(即《湖上寓居雜詠》十四首)。按,公詩"鉤窗不忍見南山,下有三雛骨未寒"①。是公已殯三子,知在杭非一日矣。又云:"未了菟裘一悵然"②,知公欲家焉未能也。

嘉泰元年辛酉(1201)

《昔遊詩》當作於是秋。按,小序云:"數年以來,始獲寧處。"今歷考編年,惟戊申、己酉、庚戌三載,及丁巳以來至是年,不從遠役。而初刻本列是詩於卷末,知為辛酉詩無疑也。

二年壬戌(1202)

上元(正月十五為上元節),同朴翁過淨林。有詩見《咸淳臨安志》(見是書卷七八),又有《訪全老》及《觀沈碑隆畫》二詩見《咸淳志》③。秋,客雲間。有《華亭錢參政園池》詩(即《題華亭錢參園池》)。至日編歌曲六卷成,雲間錢希武刻諸東巖之讀書堂。

三年癸亥(1203)

詩集二卷,當刻於是年。以集中有《華亭錢園詩》④,知在壬戌後。

---

① 句出《湖上寓居雜詠》第十二,全詩為:"鉤窗不忍見南山,下有三雛骨未寒。惆悵古今同此味,二陵風雨晉師還。""鉤"字原本誤作"釣"。

② 句出《湖上寓居雜詠》第十一,全詩為:"卧榻看山綠漲天,角門長泊釣魚船。而今漸欲抛塵事,未了菟裘一悵然。" 菟裘為地名,在今山東泗水。《左傳·隱公十一年》:"羽父請殺桓公,以求大宰。公曰:'為其少故也,吾將授之矣。使營菟裘,吾將老焉。'"後因以稱告老退隱的居處。

③ 《咸淳臨安志》卷七八載:"姜白石夔《訪全老》詩并序:嘉泰壬戌上元日,姜夔訪全老於此,觀沈傅師碑、隆茂宗畫,贈詩二首。"

④ 見《白石道人詩集》卷下,全詩為:"花裏藏仙宅,簾邊駐客舟。浦涵滄海潤,雲接洞庭秋。草木山山秀,闌干處處幽。機雲韜世業,暇日此夷猶。"

是歲後,詩無成刻,事蹟亦無可徵,惟《春詩》二首[①],乃嘉定四年(1211)辛未歲作,餘皆缺落,故不復譢(古同"譜")。[②]

① 《春詩》二首即周密《武林舊事》所載《春詞》二首:"六軍文武浩如雲,花簇頭冠樣樣新。惟有至尊渾不戴,盡将春色賜羣臣。""萬數簪花滿御街,聖人先自景靈回。不知後面花多少,但見紅雲冉冉來。"

② 按,此年之後至嘉定十四年(1221)姜夔卒年,事跡頗少,夏承燾先生《姜白石詞編年箋校》所載《行實考·繫年》有考訂。

卷三

白石道人文藝之批平

宋陳藏一[①]曰：白石道人姜堯章，氣貌若不勝衣，而筆足以扛百斛之鼎。家無立錐，而一飯未嘗無食客。圖史翰墨之藏，汗牛充棟；襟期（襟懷，志趣）灑落，如晉宋間人。意到語工，不期於高遠而自高遠。

周公謹（即周密）曰：番陽布衣姜夔堯章，出處備見張輯宗瑞[②]所著《白石小傳》矣。近得其一書，自述頗詳，可與前傳相表裏。云："某早孤不振，幸不墜先人之緒業[③]（事業，遺業），少日奔走，凡世之所謂名公鉅（同"巨"，大）儒，皆嘗受其知矣。內翰（宋稱翰林學士為內翰，因其居禁內掌內制，故稱）梁公（未詳何人），於某為鄉曲（同鄉），愛其詩似唐人，謂長短句妙天下。樞使（樞密使或知樞密院事之簡稱，為全國軍政機關樞密院長官）鄭公[④]，愛其文，使坐上為之，因擊

---

① 陳藏一即陳郁（？-1275），字仲文，號藏一，臨川（今江西撫州）人。宋理宗時，特旨以布衣充緝熙殿應制，又充東宮講堂掌書。為詩深於運思，出入於江西、晚唐之間。著有《藏一話腴》，此處引文即出該書內編卷下。

② 張輯，字宗瑞，號東澤，鄱陽（今屬江西）人。受詩法於姜夔，有《欸乃集》，已佚。其詞風亦近姜夔，多以新調寓姜氏詞意。

③ 按，"業"，原本誤作"葉"。

④ 樞使鄭公即鄭僑（1144-1215），字惠叔，號回溪，興化軍莆田（今福建莆田）人，鄭樵從子。乾道五年（1169）進士第一。曾以《春秋》侍講東宮，歷禮部尚 （转下页）

節稱賞。参政范公(即范成大),以為翰墨人品均似晉宋之雅士。待制[①]楊公(即楊萬里,慶元五年三月,升寶文閣待制),以為子文無所不工,甚似陸天隨[②],於是為忘年友。復州(今湖北天門)蕭公,世所謂千巖先生者也,以為四十年作詩始得此友。待制朱公[③],既愛其深於禮樂[④]。丞相京公[⑤],不獨稱其禮樂之書,又愛其駢儷之文。丞相謝公[⑥],愛其樂書,使次子來謁焉。稼軒辛公[⑦],深服其長短句。

(接上页注④)書,同知樞密院事。慶元元年(1195),除参知政事,進知樞密院事。三年,乞閑,以資政殿大學士知福州,後以觀文殿大學士致仕。卒,謚"忠惠"。善行草書,有《書衡》三篇。

① 待制在宋代為侍從職名。龍圖閣、天章閣、寶文閣、顯謨閣、徽猷閣、敷文閣、煥章閣、華文閣、寶謨閣、寶章閣、顯文閣均設,從四品,為侍從貼職。

② 陸天隨即陸龜蒙(?-约881),字魯望,吴郡(今江蘇蘇州)人。舉進士不第,曾為湖州、蘇州從事,後退隱松江甫里,自號江湖散人、甫里先生、天隨子。以高士召,不赴,卒。詩文與皮日休齊名,並稱"皮陸"。事跡詳見《新唐書》卷一九六《陸龜蒙傳》。

③ 待制朱公即朱熹(1130-1200),字元晦,一字仲晦,號晦庵,晚號晦翁,别稱紫陽、考亭等,徽州婺源(今屬江西)人。紹興十八年(1148)進士,歷任多地知州、監司,寧宗即位,除煥章閣待制、侍講,提舉鴻慶宫。慶元二年(1196)落職罷祠,四年後病逝。追謚"文",理宗時追封徽國公。朱熹一生以講學為主,著述甚富,為宋代理學集大成者,對後世影響極大。事跡詳見《宋史》卷四二九《道學傳三・朱熹傳》。

④ 按,"既愛其深於禮樂"當作"既愛其文,又愛其深於禮樂"。此處脱去數字,意有未通。

⑤ 丞相京公即京鏜(1138-1200),字仲遠,豫章(今江西南昌)人。紹興進士。孝宗鋭意恢復,鏜極論事未有驟如意者,宜緩以圖。擢監察御史,使金,不辱朝命,出為四川安撫制置使兼知成都府。寧宗時,累遷左丞相,阿附韓侂胄,排斥趙汝愚,興偽學之禁。卒,贈太保。事跡詳見《宋史》三九四《京鏜傳》。

⑥ 丞相謝公即謝深甫(1139-1204),字子肅,台州臨海(今屬浙江)人。乾道進士。歷知青田縣、大理丞等。光宗即位,除右正言,升工部侍郎。寧宗即位,知建康府。慶元初,擢端明殿學士、簽書樞密院事,遷参知政事,旋拜右丞相。以少傅致仕,卒。後因孫女為理宗皇后,追封信王。事跡詳見《宋史》卷三九四《謝深甫傳》。

⑦ 稼軒辛公即辛棄疾(1140-1207),字幼安,號稼軒,歷城(今山東濟南)人。初参加耿京的抗金義軍,南歸後任建康府通判,滁州知州。歷任提點江西刑獄、湖北轉運副使、知潭州兼湖南安撫使、知隆興府兼江西安撫使。後閒居近二十年,晚年起用為浙東安撫使、知鎮江府等職,被誣,憂憤而死。擅為長短句,散文亦足觀。事跡詳見《宋史》卷四〇一《辛棄疾傳》。

如二卿孫公從之①、胡氏應期②、江陵(今湖北荊州)楊公③、南州張公(未詳何人)、金陵吳公④及吳德夫⑤、項平甫⑥、徐淵子⑦、曾幼度⑧、商翬(huī)仲⑨、王晦叔⑩、易彥章⑪之徒,皆當世俊士,不可悉數,或

① 孫公從之即孫逢吉(1135-1199),字從之,吉州龍泉(今江西遂川)人。宋孝宗隆興進士。知萍鄉縣,頗有治績。宋光宗紹熙初,遷秘書郎兼皇子嘉王府直講,累官吏部侍郎。朱熹、彭龜年劾韓侂冑,被逐,逢吉抗疏爭辯,為侂冑所惡,出知太平州,後卒。事跡詳見《宋史》卷四〇四《孫逢吉傳》。

② 胡氏應期即胡紘(1137-1203),字應期,處州慶元(今屬浙江)人。宋孝宗淳熙進士。光宗紹熙末,監都進奏院。韓侂冑用事,為監察御史,劾趙汝愚。擢太常少卿,條陳朱熹偽學詆誣聖德。除起居郎,權工部侍郎。坐同知貢舉考宏詞不當而罷,卒。事跡詳見《宋史》卷三九四《胡紘傳》。

③ 江陵楊公即楊冠卿(1138-?),字夢錫,江陵(今湖北荊州) 人。舉進士,知廣州,以事罷職,僑居臨安,以詩文遊各地幕府。才華清雋,四六尤流麗渾雅。

④ 金陵吳公即吳柔勝(1154-1224),字勝之,宣州(今安徽宣城)人,後徙家金陵。宋孝宗淳熙進士。初任都昌縣主簿,遷嘉興府教授。慶元黨禁,以主朱熹之學,不可為師罷,閒居十餘年。嘉定時,遷國子正,升太學博士。出知隨州,改湖北轉運判官兼知鄂州。後主管明道宮,卒。事跡詳見《宋史》卷四〇〇《吳柔勝傳》。

⑤ 吳德夫即吳獵(1130-1213),字德夫,號畏齋,潭州醴陵(今屬湖南)人。早歲讀書嶽麓書院,為張栻高足。宋孝宗淳熙進士。寧宗即位,除監察御史。反對道學之禁,出為江西轉運判官,旋被劾罷。黨禁弛,為戶部員外郎、總領湖廣江西京西財賦。後為四川安撫制置使兼知成都府,卒。事跡詳見《宋史》卷三九七《吳獵傳》。按,"夫"原本誤作"大"。

⑥ 項平甫即項安世(?-1208),字平甫,號平庵,括蒼(今浙江麗水東南)人。宋孝宗淳熙二年(1175)進士,歷官校書郎、池州通判。以學禁罷官,謫居金陵,後起復,知鄂州、除戶部員外郎湖廣總領,擢權京湖宣撫使,因事坐免。通經學,能詩文。事跡詳見《宋史》卷三九七《項安世傳》。

⑦ 徐淵子("淵子",原本誤作"子淵")即徐似道,字淵子,號竹隱,台州黃岩(今屬浙江)人。宋孝宗乾道二年(1166)進士。歷任吳縣尉、主管官告院。寧宗開禧間,官禮部員外郎兼實錄院檢討官、秘書少監、起居舍人,終提點江西刑獄。工詩詞,以清雅見長。

⑧ 曾幼度即曾豐(1142-1224),字幼度,號撙齋,撫州樂安(今屬江西)人。宋孝宗乾道進士,官至知德慶府。晚年無意仕進,以詩酒自娛。真德秀早年曾師事之。能文章,曉經學,其詩文寄興高遠,辭氣剛直。

⑨ 商翬仲即商飛卿,字翬仲,台州臨海(今屬浙江)人。宋孝宗淳熙進士,累官工部郎官。不肯附韓侂冑,外放提舉福建路常平茶鹽事。擢監察御史,言事忤侂冑,出為荊湖南路轉運判官,改總領江東、淮西軍馬錢糧。開禧中,升戶部侍郎,以北伐失敗,憂怨而卒。事跡詳見《宋史》卷四〇四《商飛卿傳》。

愛其人,或愛其詩,或愛其文,或愛其字,或折節交之。若東州之士,則樓公大防(即樓鑰)、葉公正則[1],則尤所賞激。嗟乎!四海之內,知己者不為少矣,而未有能振之於窶(jù,貧窮,貧寒)困無聊之地者。舊所依倚,惟有張兄平甫,其人甚賢,十年相處,情甚骨肉。而某亦竭誠盡力,憂樂關念。平甫念某困躓(zhì,受挫,顛沛窘迫)場屋(指科舉考試),至欲輸資以拜爵(出錢買官),某辭謝不願,又欲割錫山(在今無錫西郊)之膏腴(肥沃的田產),以養其山林無用之身。惜乎!平甫下世,今惘惘然若有所失。人生百年有幾,賓主如某與平甫復有幾?撫事感慨,不能為懷。平甫既沒,稚子甚幼,入其門則必為之悽然,終日獨立,逡巡而歸,思欲捨去,則念平甫垂絕之言,何忍言去?留而不去,則既無主人矣,其能久乎?云云。"同時黃白石[2]之言曰:"造物者不欲以富貴浼(měi,污染)堯章,使之聲名焜(kūn)燿(明照,照耀)於無窮也,此意甚厚。"又楊伯子長孺之言曰:"先君(即楊萬里)在朝列時,薄海英才,雲次鱗集,亦不少矣,而布衣中得一人焉,曰姜堯章。"嗚乎,堯章亦布衣耳,乃得盛名天壤間若此,則軒冕鍾鼎(借指官位爵祿),乃真可敝屣(xǐ,視同破鞋,輕視)

(接上页注⑩)王晦叔即王炎(1137-1218),字晦叔,號雙溪,婺源(今屬江西)人。宋孝宗乾道五年(1169)進士。初為崇陽主簿,後任潭州教授,又改知臨湘縣,累官至軍器監、中奉大夫。學有根柢,詩文博雅精深。按,"晦叔"原本誤作"叔晦"。

(接上页注⑪)易彥章即易祓(1156-1240),字彥章,潭州寧鄉(今屬湖南)人。宋孝宗淳熙十一年(1184)上舍釋褐出身,曾侍經筵進講《周易》,累官禮部尚書兼直學士院。依附韓侂胄、蘇師旦,開禧北伐失利後,落職與宮觀。自號山齋居士,著述自娛。平生研治經學頗勤,考索經文,往往斷以己意,多發前人所未發。

① 葉公正則即葉適(1150-1223),字正則,溫州永嘉(今浙江溫州)人,人稱水心先生。宋孝宗淳熙進士,歷任知蘄州、權戶部侍郎、沿江制置使、江淮制置使等職。力主抗金,參與開禧北伐,韓侂胄敗誅,被奪職奉祠,居鄉講學、著述以終,為永嘉學派代表人物。事跡詳見《宋史》卷四三四《儒林傳四·葉適傳》。

② 黃白石即黃景說,字岩老,號白石,福州閩清(今屬福建)人。宋孝宗乾道五年(1169)進士。歷任知永豐縣、全州通判、主管官告院、秘書丞、廣東轉運使。寧宗嘉定中,除直秘閣、知靜江府。工詩,曾與姜夔同學詩於蕭德藻,時號"雙白石"。

矣。是時又有單煒炳文者,沅陵(今屬湖南)人,博學能文,得二王(王羲之、王獻之)筆法,字畫遒勁,合古法度,於考古法書尤精,武舉[①]得官,仕至路分[②],著聲江湖間,名士大夫多與之游,自號定齋居士,與堯章投分最稔(rěn,熟悉),亦韵士(風雅文人)也。堯章詩詞已板行,獨雜文未之見。余嘗於親舊間得其手藁數篇,尚思所以廣其傳焉。《齊東野語》。

又曰:白石《鐃歌鼓吹曲》,乃步驟(效法,摹仿)尹師魯[③]《皇雅》(見尹洙《河南集》卷一《皇雅》十篇),《越九歌》乃規模(摹仿,取法)鮮于子駿[④]《九誦》(見《宋文鑑》卷三〇),然言辭峻潔,意度高遠,頗有超越華騮(即驊騮)之意。《硯北雜志》(此語本出周密《浩然齋雅談》)。

黄叔暘(當作黄叔暘,即黄昇)曰:白石詞極妙,不減清真[⑤],其高處有美成所不及。《絕妙好詞選》(又作《花庵詞選》)。

---

① 武舉又稱"右科",專為選拔軍事人才而設置的科目。宋代武舉由兵部主持,須經比試(資格試)、發解試、省試(兵部試)及殿試。考試内容以弓馬武藝為主,省試時增試程文,考以兵法《七書》,其形式有策問與墨義。

② 路分為路分官省稱,包括各級路分軍事統領官:兵馬都總管、副都總管、路分兵馬鈐轄、路分兵馬都監、路分兵馬監押。掌本路禁軍屯戍、邊防、訓練之政令。

③ 尹師魯即尹洙(1001–1147),字師魯,河南府(今河南洛陽)人。宋仁宗天聖進士。歷知光澤、伊陽等縣,召為館閣校勘。因反對以朋黨罪范仲淹,黜監唐州酒税。宋夏交戰,韓琦辟為判官,歷知涇、渭等州,曾兼涇原路經略公事。坐以公使錢為部將償債,貶監均州酒税,卒於南陽。博學有識度,與歐陽修等提倡古文。事跡詳見《宋史》卷二九五《尹洙傳》。

④ 鮮于子駿即鮮于侁(1018–1087),字子駿,閬州(今四川閬中)人。第進士,歷任江陵右司理參軍、綿州通判、利州路轉運判官、轉運副使兼提舉常平、京東西路轉運使等。宋神宗元豐中知揚州,坐事罷。哲宗即位,起為京東路轉運使,累遷左諫議大夫。以疾乞郡,出知陳州,卒。事跡詳見《宋史》卷三四四《鮮於侁傳》。

⑤ 清真即周邦彦(1056–1121),字美成,自號清真居士,錢塘(今浙江杭州)人。宋神宗元豐初,遊京師,讀書太學,因獻《汴京賦》,擢為太學正。哲宗時,歷官校書郎、考功員外郎、宗正少卿,兼議禮局檢討,以直龍圖閣知河中府。徽宗時,曾拜秘書監,提舉大晟府,後又出為地方官,卒於處州任上。邦彦精韻,能自度曲,以詞名家。事跡詳見《宋史》卷四四四《文苑傳六・周邦彦傳》。

沈伯時[①]曰:姜白石清勁知音,亦未免有生硬處。《詞旨》(元陸輔之撰)。

張叔夏(即張炎)曰:詞要清空,不宜質實。清空則古雅峭拔,質實則凝澀晦昧。姜白石如野雲孤飛,去留無跡。吳夢窗[②]如七寶樓臺,眩人眼目,拆[③]碎下來,不成片段。此清空質實之説,有如《聲聲慢》云:"檀欒金碧,婀娜蓬萊,浮雲不蘸芳洲。"[④]前八字恐太澀。如《唐多令》云:"何處合成愁。離人心上秋,縱芭蕉、不雨也颼颼。"[⑤]此詞疏快不質實。白石如《疏影》、《暗香》、《揚州慢》、《一萼紅》、《琵琶仙》、《探春慢》、《澹黄柳》等曲,不惟清虛,且又騷雅,讀之使人神觀飛越。《詞源》。

作慢詞(慢詞字句往往較多,系據曲調緩急劃分,與以字數多少為標準劃分的長調有别)最是過變(即换頭,指下闋開始處的句式與上闋開始處不同),不要斷了曲意。如姜白石詞云:"曲曲屏山,夜深獨自甚情緒。"于過變云:"西窗又吹暗雨。"(句見《齊天樂》)此則曲之意不斷矣。同上。

詞中用事(即用典)最難,要緊著題,融化不澀,如東坡《永遇

---

① 沈伯時即沈義父,字伯時,一字時齋,震澤(今江蘇吳縣)人。曾為白鹿洞書院山長,宋亡後,隱居不仕,以遺民終,著有詞學專著《樂府指迷》一卷。

② 吳夢窗即吳文英,字君特,號夢窗,晚號覺翁,四明(浙江寧波)人。一生未官,以布衣出入侯門,曾為賈似道、趙與芮、吳潛、史宅之等顯宦門客。其詞字句工麗,音律和諧,與周密齊名,並稱"二窗"。

③ 按,"拆",原本誤作"坼"。

④ 全詞為:"檀欒金碧,婀娜蓬萊,遊雲不蘸芳洲。露柳霜蓮,十分點綴成秋。新彎畫眉未穩,似含羞、低護牆頭。愁送遠,駐西臺車馬,共惜臨流。　　知道池亭多宴,掩庭花、長是驚落秦謳。膩粉闌幹,猶聞憑袖香留。輪他翠漣拍甃,瞰新妝、時浸明眸。簾半卷,帶黄花、人在小樓。"

⑤ 句出吳文英《唐多令·惜别》,全詞為:"何處合成愁。離人心上秋。縱芭蕉、不雨也颼颼。都道晚涼天氣好,有明月、怕登樓。年事夢中休,花空煙水流。燕辭歸、客尚淹留。垂柳不縈裙帶住,漫長是、系行舟。"

樂》云:"燕子樓空,佳人何在,空鎖樓中燕。"[①]用張建封事。[②] 白石《疏影》云:"猶記深宮舊事,那人正睡裏,飛近蛾綠。"用壽陽事。[③] 又云:"昭君不慣胡沙遠,但暗憶江南江北。想珮環月下歸來,化作此花幽獨。"用少陵事。[④] 此皆用事不為所使。同上。

詞之賦梅,惟有白石《暗香》、《疏影》二曲,前無古人,後無來者,自立新意,真為絕唱。太白云:"眼前有景道不得,崔颢題詩在上頭。"[⑤]誠哉是言也。同上。

陶九宮(即陶宗儀,"九宮"當作"九成",陶氏字九成)曰:姜堯章書法迴脱脂粉,一洗塵俗,有如山人隱者,难登廟堂。《書史會要》(元明之際陶宗儀撰)。

清朱竹坨(即朱彝尊)曰:謫仙云:"詩傳謝朓清。"[⑥]惟清之至,

---

① 句出蘇軾《永遇樂·彭城夜宿燕子樓》,全詞為:"明月如霜,好風如水,清景無限。曲港跳魚,圓荷瀉露,寂寞無人見。紞如三鼓,鏗然一葉,黯黯夢雲驚斷。夜茫茫,重尋無處,覺來小園行遍。　天涯倦客,山中歸路,望斷故園心眼。燕子樓空,佳人何在,空鎖樓中燕。古今如夢,何曾夢覺,但有舊歡新怨。異時對,黃樓夜景,為余浩歎。"

② 章如愚《山堂肆考》卷九九載:"唐貞元中,尚書張建封節制武寧,納歌妓關盼盼於燕子樓。後公歿,盼盼念舊愛不嫁,處是樓十餘年,嘗題詩見志。白樂天賡和之,復贈一絶:'黃金不惜買娥眉,揀得如花四五枝。歌舞教成心力盡,一朝身去不相隨。'盼盼得詩,泣曰:'自公薨背,妾非不能死,恐百世之後,以我公重色,有從死之妾,是玷我公清範也,所以偷生耳。'怏怏旬日,不食而卒。"

③ 《太平御覽》卷三〇載:"宋武帝女壽陽公主,人日卧於含章殿簷下,梅花落公主額上,成五出花。拂之不去,皇后留之看得幾時,經三日洗之乃落。宮女奇其異,競效之,今梅花粧是也。"

④ 指杜甫《詠懷古跡》其三,全詩為:"群山萬壑赴荊門,生長明妃尚有村。一去紫臺連朔漠,獨留青冢向黃昏。畫圖省識春風面,環佩空歸夜月魂。千載琵琶作胡語,分明怨恨曲中論。"

⑤ 辛文房《唐才子傳》卷一載:"(崔顥)遊武昌,登黃鶴樓,感慨賦詩。及李白來,曰:'眼前有景道不得,崔顥題詩在上頭。'無作而去,為哲匠斂手。"

⑥ 句出李白《送儲邕之武昌》,全詩為:"黃鶴西樓月,長江萬里情。春風 (转下页)

乃能麗密。唐之孟襄陽①、宋之姜白石、明之徐迪功②,盡洗鉛華,極蕭散自得之趣,故獨步一時。《曝書亭集》(清朱彝尊撰)。

又曰:鄱陽姜堯章撰《絳帖平》二十卷,予搜訪四十年始鈔得,僅存六卷爾。堯章於書法最稱精鑒,其言曰:"小學既廢,流為法書,法書又廢,惟存法帖。"(語出《絳帖平》自序,法書是墨蹟,藏於秘閣,專為帝王享用;法帖是刻帖的拓本,流布廣泛)帖雖小技,上下千載,關涉史傳為多。故於是編條疏而考證之,一一別其真偽,察及苗髮。其餘若《續書譜》、《禊帖偏旁考》、《保母甎》(甎同"磚",姜夔曾作《王獻之保母志跋》),皆能伐其皮毛,啜其精髓,比諸黃長睿③、王順伯④為優。同上。

王阮亭⑤曰:《白石集》,予鈔之近百首,蓋能參活句者。白石,

(接上页注⑥)三十度,空憶武昌城。送爾難為別,銜杯惜未傾。湖連張樂地,山逐泛舟行。諸謂楚人重,詩傳謝脁清。滄浪吾有曲,寄入棹歌聲。"按,謝脁(464-499),字玄暉,陳郡陽夏(今河南太康)人,南朝宋、齊間詩人。詩作詞句秀麗,音律和美,開唐人絕句之先河,與謝靈運前後齊名,世稱"小謝"。

① 孟襄陽即孟浩然(689-740),以字行,名不詳,襄州襄陽(今湖北襄樊)人。少好節義,隱居鹿門山。年四十到京師長安,應進士不第,王維私邀入內署。唐玄宗開元末,張九齡召為荊州從事,後患疽而死。詩多描繪山水田園,與王維齊名。事跡詳見《舊唐書》卷一九〇下《文苑傳下·孟浩然傳》。

② 徐迪功即徐禎卿(1497-1511),字昌穀,一作昌國,吳縣(今江蘇蘇州)人。少與唐寅、祝允明、文徵明齊名,號吳中四才子。明孝宗弘治進士,除大理寺左寺副,與李夢陽等人宣導復古,為"前七子"之一。因失囚,降為國子監博士,卒於京師。著有《迪功集》、《迪功外集》等。事跡詳見《明史》卷二八六《文苑列傳二·徐禎卿列傳》。

③ 黃長睿即黃伯思(1079-1118),字長睿,別字霄賓,號雲林子,邵武(今屬福建)人。宋哲宗元符進士,官至秘書郎。學問淹貫,精研六經、子史百家,長於鑒定考證,於書法諸體皆工。

④ 王順伯字即王厚之(1131-1204),順伯,號復齋,諸暨(今屬浙江)人。宋孝宗乾道進士,歷秘書郎、淮南轉運判官、兩浙轉運判官、知臨安府、提點江東刑獄等職,為官剛正。博學好古,收藏歷代彝器、金石刻辭頗豐,精於歷代碑刻研究。

⑤ 王阮亭即王士禎(1634-1711),原名士禛,字貽上,號阮亭,自號漁洋山人,新城(今山東桓臺)人。順治十五年(1658)進士,任揚州推官,遷禮部主事,累 (转下页)

詞家大宗,其於詩亦能深造自得。自序同時詩人,以溫潤推范石湖,痛快推楊誠齋,高古推蕭千巖,俊逸推陸放翁[①]。白石游於諸公間,故其言如此。其詩初學黄太史[②],正以不深染江西派[③]為佳。《帶經堂集》(清王士禛撰)。

又曰:余於宋南渡後詩,自陸放翁之外,最喜姜夔堯章。堯章又號白石道人,學詩於蕭千巖,而與范石湖、楊誠齋善。時黄巖老(即黄景説)亦號白石,亦學詩於千巖,時稱雙白石。《香祖筆記》(清王士禛撰)。

以上節錄《白石道人詩詞評論》(清許增輯)。

《白石道人集》三卷,鄱陽姜夔堯章撰,千巖蕭東夫識之於年少客游,以其兄之子妻之。石湖范至能尤愛其詩,楊誠齋亦愛之,賞其歲除舟行[④]十絕(指《除夜自石湖歸苕溪》十首),以為有裁雲縫月之妙思,敲金戛玉之奇聲。夔頗解音律,進樂書免解,不第而卒,詞亦工。陳直齋《書錄題解》(即宋陳振孫《直齋書錄解題》)。

(接上页注⑤)官至刑部尚書。論詩創神韻説,詩多模山範水,吟詠風月之作,主盟詩壇數十年。

① 陸放翁即陸游(1125-1210),字務觀,號放翁,山陰(今浙江紹興)人。宋高宗紹興中應進士試第一,為秦檜所黜。孝宗時賜進士出身,曾任鎮江、隆興、夔州通判,四川宣撫使王炎、范成大的幕僚,後知嚴州。光宗時,除朝議大夫、禮部郎中。晚年歸居山陰。生平作詩近萬首,詞、文亦佳。事跡詳見《宋史》卷三九五《陸游傳》。

② 黄太史即黄庭堅(1045-1105),字魯直,號山谷道人、涪翁,洪州分寧(今江西修水)人。宋英宗治平進士。宋哲宗時以校書郎為《神宗實錄》檢討官,遷著作佐郎,後因黨爭遭貶。早年以詩文受知於蘇軾,名列蘇門四學士。詩以杜甫為宗,開創江西詩派。又能詞,書法為宋四家之一。事跡詳見《宋史》卷四四四《文苑傳六・黄庭堅傳》。

③ 江西派為黄庭堅所宣導的詩歌流派,以南宋吕本中所作《江西詩社宗派圖》而得名。該派論詩著重識力,力求峭勁,好奇尚硬。又創"奪胎换骨、點鐵成金"之説,強調"無一字無來處",故每襲用前人詩意,略改其詞,自矜工巧。其弊端為意境狹窄,失於晦澀,甚至剽竊摹擬。

④ 按,"舟行",原本誤作"舟子行",今據《直齋書錄解題》卷二十改。

姜白石,詩家名[1]流,詞尤精妙,不減清真,其間高處有美成所不能及者。善吹簫,多自製曲,初則率意為長短句,既成乃按以律呂,無不協者。有詠蟋蟀《齊天樂》一闋最勝。其過苕霅云:"拂雪金鞭,欺寒茸帽,嘗記章臺走馬。""雁磧沙平,漁汀人散,老去不堪游冶。"(句出《探春慢》)人日詞云:"池面冰膠,牆腰雪老,雲意還又沈沈。""朱戶黏雞,金盤簇燕,空歎時序侵尋。"(句出《一萼紅》)《湘月》詞云:"中流容與,畫船不點清鏡",從柳洲"綠淨不可唾"(句出韓愈《合江亭》,此處柳洲疑誤)之語翻出。戲張平甫納妾云:"別母情懷,隨郎滋味,桃葉渡江時。"(句出《少年遊·戲平甫》)《翠樓春》云:"檻曲縈紅,檐牙飛翠","酒祓清愁,花銷英氣"。《法曲獻仙音》云:"過秋風未成歸計,誰念我、重見冷楓紅舞。"《玲瓏四犯》云:"有輕盈換馬,端正窺戶。酒醒明月下,夢逐潮聲去。"句法奇麗。其腔皆自度者,惜舊譜零落,未能盡被之管絃也。《詞品》(明楊慎著)。

趙子固[2]目姜堯章為書家申韓(法家學者申不害、韓非)。《硯北雜記》。

往余見姜白石詩一卷,有絕句,作小草尤佳,云:"道人野性如天馬,欲擺青絲出帝閑。"[3]甚愛此詩,第恨不通畫,不能使無聲詩、有聲畫相表裏,此為欠事。《式古堂書畫彙》(清卞永譽撰)。

以上節錄《白石道人詩詞評論補遺》(清許增輯)。

---

① 按,"名",原本誤作"各"。

② 趙孟堅(1199-?),字子固,號彝齋,海鹽(今屬浙江)人,宋宗室。宋理宗寶慶二年(1226)進士。為湖州掾,入轉運司幕。知諸暨縣,以御史言罷歸。為提轄左藏庫,守嚴州,後遷翰林學士。孟堅修雅博識,好學工書,多藏三代以來金石名跡,善畫梅竹,於山水為尤奇。

③ 句出《次韻武伯》,文字有異,全詩為:"楊柳風微約暮寒,野禽容與只波間。道人心性如天馬,可愛青絲十二閑。"

張炎曰:如秦少游[①]、高竹屋[②]、姜白石、史邦卿[③]、吳夢窗,此數家格調不侔,句法挺異,俱能獨立清新之意,刪削靡曼之詞,自成一家,各名於世。

王士正(即王士禎)曰:詞以少游、易安[④]為宗,固也。然竹屋、梅溪(即史達祖)、白石諸公極妍盡致處,反有秦李所未到者。譬如絕句至劉賓客[⑤]、杜京兆[⑥],時出青蓮(即李白)、龍標[⑦]一頭地。

---

① 秦少游即秦觀(1049-1100),字少游,又字太虛,號淮海居士,高郵(今屬江蘇)人。宋哲宗元豐八年(1085)進士。曾任秘書省正字,兼國史院編修官等職。坐元祐黨籍,屢遭貶謫。徽宗立,蒙赦放還,行至藤州(今廣西藤縣)卒。少從蘇軾遊,尤工詞,婉麗精密。事跡詳見《宋史》卷四四四《文苑傳六・秦觀傳》。

② 高竹屋即高觀國,字賓王,號竹屋,山陰(今浙江紹興)人。生平經歷不詳,年代約與姜夔相近,常往來於杭州、蘇州一帶。工詞,與史達祖友善,常相唱和。

③ 史邦卿即史達祖(1163-1220),字邦卿,號梅溪,汴(今河南開封)人。曾為韓侂胄親信堂吏,奉行文字,擬帖撰旨,俱出其手,權炙縉紳。又曾隨李壁等出使金國。開禧北伐後,韓侂胄被殺,達祖亦被株連受黥刑,貶死。以詞名世,有《梅溪詞》一卷。

④ 易安即李清照(1084-約1155),自號易安居士,濟南章丘(今屬山東)人。父李格非,為著名學者,母王氏,亦通文墨,丈夫趙明誠為金石家。早期生活優裕,所作詞多幽閒情趣。金兵入侵,夫死,流寓南方,所作多悽楚之音。另有《詞論》一篇,強調音律,嚴格區分詩詞界限。

⑤ 劉賓客即劉禹錫(772-842),字夢得,洛陽(今屬河南)人。唐德宗貞元七年(791)進士,登博學宏辭科,授監察御史。參加革新政治的王叔文集團,失敗後貶郎州司馬,遷連州刺史,後以裴度薦,任太子賓客,世稱劉賓客,官終檢校禮部尚書。其詩沉著穩練,爽利清新,格律精切。事跡詳見《舊唐書》卷一六〇《劉禹錫傳》。

⑥ 杜京兆即杜牧(803-852),字牧之,京兆萬年(今陝西西安)人,杜佑孫。唐文宗太和進士,早年為各地節度使幕僚,歷任監察御史,黃、池、睦諸州刺史,後人為司勳員外郎,官終中書舍人。兼工詩、賦、文,其詩多有揭露現實之作,尤長七言律詩和絕句。事蹟詳見《舊唐書》卷一四七《杜牧傳》。

⑦ 龍標即王昌齡(約698-約756),字少伯,京兆長安(今陝西西安)人。唐玄宗開元十五年(727)舉進士,初任秘書郎,後任汜水縣尉,再遷校書郎。後貶為江寧丞,再降為龍標(今湖南黔陽)尉。其詩多寫當時邊塞軍旅生活,尤以七言絕句最佳,有"七絕聖手"之譽。事跡詳見《舊唐書》卷一九〇《文苑傳下・王昌齡傳》。

朱彝尊曰：詞莫善姜夔。梅溪、玉田（即張炎）、碧山[①]諸家，皆具夔之一體。自後得其門者寡矣。

宋翔鳳[②]曰：詞家之有石帚，猶詩家之有杜少陵（即杜甫），繼往開來，文中關鍵。其流落江湖，不忘君國，皆借託比興於長短句寄之，如《齊天樂》傷二帝北狩（宋徽宗、宋欽宗被俘北上）也；《揚州慢》惜無意恢復也；《暗香》、《疏影》恨偏安也。蓋意愈切則詞愈微，屈宋（即屈原、宋玉）之心，誰能見之，乃長短句中復有白石道人也。（宋翔鳳所言為常州詞派觀點，該派認為詞要寓意深刻，立意為本，抒寫性情，運用比興，富於美刺）

孫麟趾[③]云：白石多清超之句，宜學之。

鄒祗謨[④]云：詠物不可不似，尤忌刻意太似。取形不如取神，用事不若用意（猶立意）。宋詞至白石、梅溪，始得箇（同"個"）中妙諦。

---

① 碧山即王沂孫，字聖與，號碧山，又號中仙，亦號玉笥山人，紹興府會稽（今浙江紹興）人。工文詞，廣交遊。宋亡後，一度出為慶元路學正，晚年往來杭州、紹興間。其詞結構細密，形近意遠，詞風含蓄深婉，尤以詠物為工，善於體會物象以寄託家國身世之感。

② 宋翔鳳（1779-1860），字虞庭，一字於庭，江蘇長洲（今江蘇蘇州）人，莊存與外孫。嘉慶舉人。歷官泰州學正，湖南新寧、耒陽等縣知縣。從舅父莊述祖受今文經學，後學於段玉裁，兼治東漢許、鄭之學。生平淹貫群籍，尤長治經，為常州學派的代表人物。

③ 孫麟趾，字月坡，江蘇長洲（今江蘇蘇州）人。以詞名道光、咸豐之際。生活貧困，老境蒼涼。詞作凡數十種，多佚。所著《詞逕》一書收論詞之語十六則，詳論詞之作法。

④ 鄒祗謨（1627-1670），字訏士，號程村，又號麗農山人，武進（今江蘇常州）人。清順治十五年（1658）進士，謁選待授職時，遇江南奏銷案，未能得官。性穎特，博學多識，詩、文、詞皆工。詞作寄情綿邈，致語清揚。《遠志齋詞衷》雜評前人論詞之語，重在探討詞之體制、格律，偶及創作，亦有精到之見。

張皋文[1]曰：宋之詞家，號為極盛，然張先[2]、蘇軾、秦觀、周邦彥、辛棄疾、姜夔、王沂[3]孫、張炎，淵淵乎文有其質焉[4]。《詞選》目錄敘。

周止菴[5]云：白石脫胎稼軒，變雄健為清剛，變馳驟為疏宕（dàng，恬淡雋永），蓋二公皆極熱中，故氣味吻合。辛寬姜窄，寬敞容薉（huì，古同“穢”），窄故鬥硬。《宋四家詞·序論》。

又曰：白石號為宗工（猶宗匠，宗師），然亦有俗濫處，《揚州慢》“淮左名都，竹西佳處”。寒酸處，《法曲獻仙音》“象筆鸞箋，甚而今、不道秀[6]句”。補湊處，《齊天樂》“邠詩漫與，笑籬落呼鐙，世間兒女”。敷衍處，《淒涼犯》“追念西湖上”半闋。支處，《湘月》“舊家樂事誰省”。複處，《一萼紅》“翠藤共、閒穿徑竹”，“記曾共、西樓雅集”。不可不知。同上。

又曰：白石小序甚可觀，苦與詞複。若序其緣起，不犯詞境，斯為兩美矣。同上。

王國維[7]曰：美成《青玉案》詞：“葉上初陽乾雨，宿水面清圓，

---

① 張皋文即張惠言（1761-1802），字皋文，號茗柯，武進（今江蘇常州）人。嘉慶進士，改庶吉士，授翰林院編修。專治《周易》、《儀禮》，《禮》主鄭玄，《易》主虞翻。工詞及散文，為常州詞派創始人，又與惲敬同為古文中陽湖派之首。

② 張先（990-1078），烏程（今浙江吳興）人。宋仁宗天聖八年（1030）進士。歷任吳江令、秀州判官、永興軍通判。後知渝州、虢州。英宗治平元年（1064）以都官郎中致仕。晚年優遊於杭州、湖州之間。與柳永同以歌詞聞名天下，而格高韻絕，造語工巧，以三處善用“影”字，人稱“張三影”。

③ 按，“沂”，原本誤作“訢”。

④ 語本《論語·雍也》：“子曰：‘質勝文則野，文勝質則史，文質彬彬，然後君子。’”此處指詞作在形式與內容上兼顧。

⑤ 周止菴即周濟（1781-1839），字保緒，一字介存，號未齋，晚號止庵，江蘇荊溪（今江蘇宜興）人。嘉慶進士，官淮安府學教授。有《介存齋論詞雜著》及《宋四家詞選》。周濟發展了張惠言常州詞派的詞學思想，明確提出填詞要有寄託。

⑥ 按，“秀”，原本誤作“禿”。

⑦ 王國維（1877-1927），字靜安，一字伯隅，號觀堂，浙江海寧（今屬浙江） （转下页）

一一風荷舉。"[1]此真能得荷之神理者。覺白石《念奴嬌》、《惜紅衣》二詞,猶有隔霧看花之恨。《人間詞話》。

又曰:詠物之詞,以東坡《水龍吟》[2]為最工,邦卿(即史達祖)《雙雙燕》[3]次之,白石《暗香》、《疏影》格調雖高,然無一語道着,視古人"江邊一樹垂垂發"[4]等句,何如邪?同上。

又曰:白石寫景之作,如"二十四橋仍在,波心蕩、冷月無聲"(句出《揚州慢》),"數峯清苦,商略黄昏雨"(句出《點絳唇》),"高樹晚蟬,説西風消息"(句出《惜紅衣》),雖格韵高絕,然霧裏看花,終隔一層。梅溪、夢窗諸家寫景之病,皆在一"隔"字。北宋風流,渡江遂絕,抑真有運會(時運際會,時勢)存乎其間邪?同上。

又曰:問"隔"與"不隔"之别。曰:陶謝[5]之詩不隔,延年則稍

(接上页注⑦)人。清末秀才。師事羅振玉。曾任南通、蘇州等地師範學堂教習,學部圖書局編譯及清華研究院教授。學問廣博,在甲骨文、金文和漢晉簡牘考釋成就尤高。詞學方面,所著《人間詞話》標舉"境界説",對我國後來的文學理論影響較大。

① 按,此處引周邦彦詞錯訛頗多,詞牌名當為《蘇幕遮》而非《青玉案》,全詞為:"燎沉香,消溽暑。鳥雀呼晴,侵曉窺簷語。葉上初陽幹宿雨。水面清圓,一一風荷舉。　故鄉遥,何日去。家住吳門,久作長安旅。五月漁郎相憶否。小楫輕舟,夢入芙蓉浦。"引句有倒文,故標點亦誤。

② 蘇軾《水龍吟・次韻章質夫楊花詞》:"似花還似非花,也無人惜從教墜。拋家傍路,思量卻是,無情有思。縈損柔腸,困酣嬌眼,欲開還閉。夢隨風萬里,尋郎去處,又還被、鶯呼起。　不恨此花飛盡,恨西園、落紅難綴。曉來雨過,遺蹤何在?一池萍碎。春色三分,二分塵土,一分流水。細看來,不是楊花,點點是離人淚。"

③ 史達祖《雙雙燕・詠燕》:"過春社了,度簾幕中間,去年塵冷。差池欲住,試入舊巢相並。還相雕梁藻井,又軟語商量不定。飄然快拂花梢,翠尾分開紅影。　芳徑,芹泥雨潤,愛貼地爭飛,競誇輕俊。紅樓歸晚,看足柳昏花暝。應自棲香正穩,便忘了、天涯芳信。愁損翠黛雙蛾,日日畫闌獨憑。"

④ 句出杜甫《和裴迪登蜀州東亭送客逢早梅相憶見寄》,全詩為:"東閣官梅動詩興,還如何遜在揚州。此時對雪遥相憶,送客逢春可自由。幸不折來傷歲暮,若為看去亂鄉愁。江邊一樹垂垂發,朝夕催人自白頭。"

⑤ 陶謝指陶潛、謝靈運。陶潛(?-427),字元亮、淵明,世稱靖節先生,潯陽柴桑(今江西九江)人,陶侃曾孫。歷任江州祭酒、鎮軍參軍、彭澤令。長於詩文辭賦,其詩恬淡自然,寄意深遠。事跡詳見《晉書》卷九四《隱逸傳・陶潛傳》。　(转下页)

隔矣。東坡之詩不隔,山谷(即黄庭堅)則稍隔矣。“池塘生春草”①,“空梁落燕泥”②二句,妙處唯在不隔。詞亦如是。即以一人一詞論,如歐陽公《少年游》詠春草上半闋云:“闌干十二獨凭,春晴碧,遠連雲,二月三月,千里萬里,行色苦愁人”,語語都在目前,便是不隔;至云:“謝家池上,江淹浦上”,則隔矣。③ 白石《翠樓吟》:“此地宜有詞仙,擁素雲黄鶴,與君游戲。玉梯凝望久,嘆芳草萋萋千里”,便是不隔;至“酒袚清愁,花消英氣”,則隔矣。然南宋詞人雖不隔處,比之前人,自有淺深厚薄之别。同上。

又曰:古今詞人,格調之高,無如白石。惜不於意境上用力,故覺無言外之味,絃外之響,終不能與於第一流之作者也。同上。

又曰:南宋詞人,白石有格而無情,劍南(即陸游,以其曾宦蜀中,詩集名《劍南詩稿》)有氣而乏韻。其堪與北宋人頡頏(xié háng,謂不相上下,相抗衡)者,唯一幼安(即辛棄疾)耳。近人祖南宋而祧(tiāo)北宋④,以南宋之詞可學,北宋不可學也。學南宋者,不祖白石,則

(接上页注⑤)謝靈運(385-433),會稽(今浙江紹興)人,謝玄孫。晉時襲封康樂公,故稱謝康樂。入南朝劉宋,曾任永嘉太守、侍中、臨川内史等職。為扭轉玄言詩風,開創中國山水詩派的第一人。事跡詳見《宋書》卷六七《謝靈運傳》。

① 句出謝靈運《登池上樓》,全詩為:“潛虯媚幽姿,飛鴻響遠音。薄霄愧雲浮,棲川怍淵沉。進德智所拙,退耕力不任。徇禄反窮海,臥痾對空林。衾枕昧節候,褰開暫窺臨。傾耳聆波瀾,舉目眺嶇嶔。初景革緒風,新陽改故陰。池塘生春草,園柳變鳴禽。祁祁傷豳歌,萋萋感楚吟。索居易永久,離群難處心。持操豈獨古,無悶征在今。”

② 句出薛道衡《昔昔鹽》,全詩為:“垂柳覆金堤,蘼蕪葉復齊。水溢芙蓉沼,花飛桃李蹊。採桑秦氏女,織錦竇家妻。關山别蕩子,風月守空閨。恒斂千金笑,長垂雙玉啼。盤龍隨鏡隱,彩鳳逐帷低。飛魂同夜鵲,倦寢憶晨雞。暗牖懸蛛網,空梁落燕泥。前年過代北,今歲往遼西。一去無消息,那能惜馬蹄。”

③ 歐陽修《少年遊》全詞為:“欄干十二獨憑春,晴碧遠連雲。千里萬里,二月三月,行色苦愁人。　謝家池上,江淹浦畔,吟魄與離魂。那堪疏雨滴黄昏。更特地、憶王孫。”按,引句標點有誤,亦有誤字、倒文。

④ 帝王宗廟有祧遷之制,神主除始祖外,凡輩分遠的要依次遷入祧廟(遠祖廟)中合祭。所謂“祖南宋而祧北宋”,指以南宋詞為楷模,並不看重北宋詞。

祖夢窗;以白石、夢窗可學,幼安不可學也。學幼安者,率祖其粗獷、滑稽,以其粗獷、滑稽可學,佳處不可學也。[①] 同上。

又曰:讀東坡、稼軒詞,須觀其雅量高致,有伯夷[②]、柳下惠[③]之風。白石雖似蟬脱塵埃,然終不免局促轅下(拘束如車轅下拉車之馬)。同上。

又曰:蘇、辛詞中之狂,白石猶不失為狷(juàn,有所不為,與"狂"相對。《論語·子路》:"狂者進取,狷者有所不為也"),若夢窗、梅溪、玉田、草窗(即周密)、西麓[④]輩,面目不同,同歸於鄉愿(鄙俗媚世)而已。

又曰:詩人對宇宙人生,須入乎其内,又須出乎其外。入乎其内,故能寫之;出乎其外,故能觀之。入乎其内,故有生氣;出乎其外,故有高致。美成能入而不能出,白石以降,於此二事,皆未夢見。同上。

陳鋭曰:古人文字,難可吹求(猶言吹毛求疵),嘗謂杜少陵"國初以來畫馬"句,何能着一"鞍"字(句出杜甫《韋諷録事宅觀曹將軍畫馬圖歌》,其首句為:"國初已來畫鞍馬,神妙獨數江都王"),此等處絕不通也。詞中尤夥(huǒ,多),姜堯章《齊天樂》詠蟋蟀最為有名。然"庚

---

① 《人間詞話》此條尚有以下數語:"幼安之佳處,在有性情,有境界。即以氣象論,亦有'傍素波、干青雲'之概。寧後世齷齪小生所可擬耶?"

② 伯夷,商末孤竹君長子。初孤竹君以次子叔齊為嗣,孤竹君死,叔齊讓位,伯夷不受,二人同逃至周。他們反對武王伐紂。武王滅商後,二人又逃到首陽山,不食周粟而死。事跡詳見《史記》卷六一《伯夷列傳》。

③ 柳下惠,展氏,名獲,字禽,春秋時魯國人。食邑柳下,私謚為惠,故又稱柳下惠。于臧文仲執政時任士師,以講究禮節著稱。

④ 西麓即陳允平,字君衡,又字衡仲,號西麓,慶元府(今浙江寧波)人。宋末曾任沿海制置司參議,又曾涉嫌恢復舊朝入獄,後被營救。元初以人才征至北都,不受官放還。才高學博,尤擅倚聲之作,為宋季格律派詞家,與吳文英、翁元龍齊名。按,"西",原本誤作"中"。

郎愁賦”,有何出典?① “邠(古同“豳”)詩”四字,太覺呆詮(枯燥無味地生搬硬套)。至“銅鋪石井,堠館離宮”,亦嫌重複。其《揚州慢》“縱荳蔻詞工”②三句,語意亦不貫,若張玉田之《南浦》詠春水一首③,了不知其佳處,今人和者如牛毛,何也?《褒(bào)碧齋詞話》。

又曰:詞如詩,可模擬得也。南唐諸家(指南唐中主李璟、後主李煜、馮延巳等人),迴腸蕩氣,絕類建安(漢獻帝建安年間,曹氏父子、建安七子等人俊爽剛健的詩文風格);柳屯田④不着筆墨,似古樂府(樂府詩之一種,指漢、魏、晉、南北朝的樂府詩,後代摹仿其體制的作品,有時也稱古樂府);辛稼軒俊逸似鮑明遠⑤;周美成渾厚擬陸士衡⑥;白石得淵明之性情;夢窗有康樂(即謝靈運)之標軌(典範);皆苦心孤造,是以被絃筦(同“管”)而格幽明,學者但於面貌求之,抑末矣。同上。

---

① 姜夔《齊天樂》首句為:“庾郎先自吟愁賦,淒淒更聞私語。”按,庾郎即庾信(513-581),字子山,小字蘭成,南陽新野(今屬河南)人。本為南朝梁臣,後被迫留在北方為官,常思江南故土,作《哀江南賦》寄託鄉關之思,抒發身居異鄉、身世漂泊的愁悶情懷,詞意悲哀。又有《愁賦》一文,後失傳,宋人間或得見,清人已不知。

② 按,“工”,原本誤作“上”。

③ 張炎《南浦·春水》:“波暖綠粼粼,燕飛來、好是蘇堤才曉。魚沒浪痕圓,流紅去、翻笑東風難掃。荒橋斷浦,柳陰撐出扁舟小。回首池塘青欲遍,絕似夢中芳草。　和雲流出空山,甚年年淨洗,花香不了。新綠乍生時,孤村路、猶憶那回曾到。餘情渺渺。茂林觴詠如今悄。前度劉郎歸去後,溪上碧桃多少。”此為張氏代表作,且得“張春水”美稱。

④ 柳屯田即柳永(?-約1053),字耆卿,原名三變,字景莊,崇安(今屬福建)人。宋仁宗景祐進士,官至屯田員外郎,世稱柳屯田。精通音律,長於鋪敘,其詞承上啟下,開一代風氣。

⑤ 鮑明遠即鮑照(?-466),字明遠,世居建康(今江蘇南京)。歷任南朝宋臨川王侍郎、太學博士兼中書舍人、臨海王參軍等職,因臨海王兵敗為亂軍所殺。工詩,長於樂府,辭藻華美,骨力強勁。事跡詳見《宋書》卷五一《鮑照傳》。

⑥ 陸士衡即陸機(261-303),字士衡。吳郡華亭(今上海松江)人,祖遜、父抗,皆三國吳名將。少時任吳國牙門將。吳亡,家居勤學。晉武帝太康末,與弟陸雲同至洛陽,文才傾動一時,時稱“二陸”。曾官平原內史,世稱陸平原。其詩重藻繪、排偶,以華美深密見稱,頗多擬古之作。又善駢文,所作《文賦》為古代重要文學論文。事跡詳見《晉書》卷五四《陸機傳》。

又曰：白石擬稼軒之豪快，而結體於虛；夢窗變美成之面貌，而練響於實。南渡以來，雙峯並峙，如盛唐之有李杜矣。顧詞人領袖，必不相輕，今夢窗四稿中，屢和石帚，而《姜集》中不及夢窗，疑不可攷。至《草堂詩餘》（詞總集。南宋何士信編，四卷，前集二卷，後集二卷。選詞以北宋和南宋初期詞為主，間有唐、五代作品），不選石帚一字，則又咄咄一怪事。同上。

鄭文焯云：白石以沉憂善歌之士，意在復古，進《大樂議》，卒為伶倫（伶，為先秦時期對樂官的稱呼，伶倫為黃帝樂官，曾造律呂。此處代指朝廷樂官）所阨（同"厄"，阻擾），其志可悲，其學自足千古。叔夏（即張炎）論其詞"如埜（同"野"）雲孤飛，去留無迹"，百世興感，如見其人。《鶴道人論詞書》。

林紓[1]云：詞家唯姜石帚能結響啞，不善學，則流於滯澀。《文微》（林紓口授，朱羲胄輯錄）。

① 林紓（1852-1924），初名群玉，字琴南，號畏廬，福建閩縣（今福建福州）人。光緒八年（1882）舉人，曾任京師大學堂講習。不習外文，待人口譯而筆述，所譯西洋小說有盛名。工古文，"五四"以後，反對白話文學。又工詩，晚年嗜為畫。

卷四(白石道人詞)

令

小重山

賦潭州(今湖南長沙)紅梅。

人繞湘皋(近水的高地)月墜時,斜橫花樹小,浸愁漪。[1]一春幽事有誰知?東風冷,香遠茜裙(紅裙,代指女郎,此處暗喻紅梅)歸。

鷗去昔游非。遙憐花可可(隱約,依稀),夢依依。九疑雲杳斷魂啼,(一)相思血,都沁(浸透,滲透)綠筠枝。(二)

(一)《水經注》(北魏酈道元撰):九疑山基盤蒼梧[2]之野,峯秀數郡之間,異嶺同勢,游者疑焉,故曰九疑。亦作九嶷。《山海經》(先秦典籍,一般認為成書非一時,作者非一人,是一部早期有價值的地理著作):南方蒼梧之丘,蒼梧之川,其中有九嶷山焉,舜之所葬,在長沙零陵(古地名。在今湖南寧遠縣東南)界。

---

① 按,原本斷句作"斜橫花樹,小浸愁漪"。

② 蒼梧,古地區名。《史記・五帝本紀》:舜"南巡狩,崩於蒼梧之野"。其地約當今湖南九嶷山以南至廣西賀江、桂江、郁江區域。

(二)《述異記》(南朝梁任昉編撰,所記多為異聞瑣事):舜南巡,葬於蒼梧之野。堯之二女,娥皇、女英追之不及,相與慟痛,淚下沾竹,竹上文為之斑斑然。

江 梅 引

丙辰(宋寧宗慶元二年,1196)之冬,予留梁溪,將詣淮而不得,因夢思以述志。

人間離別易多時。見梅枝,忽想思,幾度小窗幽夢手同攜?今夜夢中無覛(古同"覓")處,漫徘徊,寒侵被,尚未知。

溼紅恨墨淺封題(化用晏幾道《思遠人》:淚彈不盡臨窗滴,就硯旋研墨。漸寫到別來,此情深處,紅箋為無色),寶箏空,無雁飛(無人彈奏,雁柱不動。雁柱為樂器箏上整齊排列的弦柱。此處亦暗含無雁傳書之意)。俊游(快意遊賞)巷陌,算空有、古木①斜暉!舊約扁舟,心事已成非!歌罷淮南春草賦,又萋萋。(一)漂零客,淚滿衣!

(一) 淮南王安作(即淮南王劉安,一說為其門客淮南小山作)《招隱士》有云:"王孫游兮不歸,春草生兮萋萋。"

鬲 山 溪

題錢氏(即錢良臣)溪月。

① 按,"木",原本誤作"本"。

與鷗為客，綠野(唐相裴度別墅名綠野堂，此處代指錢氏園林)留吟屐。兩行柳垂陰，是當日、仙翁手植。(一)一亭寂寞，煙外帶愁横。荷冉冉①，展涼雲，横臥虹千尺。

才因老盡(南朝江淹少以文章顯，晚節才思微退，時人皆謂之才盡)，秀句君休覓。萬綠正迷人，更愁入、山陽夜笛(魏晋"竹林七贤"之一向秀經山陽舊居聞笛，憶亡友，作《思舊賦》)。(二)百年心事，惟有玉闌知。(三)吟未了，放船回，月下空相憶。

(一)"日"，許增云：《詞譜》(即《欽定詞譜》，清康熙時，陳廷敬、王奕清等奉敕編寫，收入詞牌八百二十六，二千三百零六體)作"年"。

(二)"愁"，沈遜齋本作"秋"，陸本作"愁"。鄭文焯云："秋"是"愁"之脱譌。陸本是。

(三)庾肩吾詩：秦王金作柱，漢帝玉為欄。②

鶯聲繞紅樓

甲寅(宋光宗紹熙五年，1194)春，平甫與予自越來吴，攜家妓觀梅於孤山之西村(在杭州西湖)，命國工(宫廷樂師)吹笛，妓皆以柳黄為衣。

十畝梅花作雪飛，冷香下，攜手多時，兩年不到斷橋西，長笛為予吹。

人妬(同"妒")垂楊綠，春風為染作仙衣。垂楊卻又妬

---

① 按，"冉冉"，他本或作"苒苒"。

② 梁庾肩吾《石橋》詩曰："秦王金作柱，漢帝玉為欄。仙人飛往易，道士出歸難。"庾肩吾(？－551)，字子慎，一字慎之，南陽新野(今屬河南)人，庾信父。初為晉安王蕭綱常侍，隨府歷記室參軍，蕭綱為太子，兼東宫通事舍人。蕭綱即帝位，任為度支尚書。才學富贍，其詩文麗而情寡，為"宫體詩"創始人之一。

腰肢,近平聲前舞絲絲。(一)

(一) 鄭文焯云:"近"作平,白石自注,此上作平用之義例,《疏影》"飛近蛾綠","近"亦作平。

鬲溪梅令

丙辰(宋寧宗慶元二年,1196)冬,自無錫歸,作此寓意。

好花不與殢香人(為花香所陶醉之人),(一)浪粼粼。又恐春風歸去綠成陰,玉鈿何處尋?

木蘭雙槳夢中雲,小橫陳。(二)謾向孤山山下覓盈盈(本指美人姿容嬌柔,此處代指梅花),翠禽啼一春。

(一) "殢",《廣韻》(全稱《大宋重修廣韻》,為北宋真宗朝官修韻書)、《集韻》(北宋仁宗朝在《廣韻》基礎上修訂的韻書)竝(同"並")他計切(此為反切注音法,上字取聲母,下字取韻母和聲調),音替。《玉篇》(南朝梁顧野王撰,是按漢字形體分部編排的字書):極困也,《集韻》:與"殀"同。《玉篇》:殀,喘也。

鄭文焯云:攷譜,仙呂調(樂律名稱,燕樂二十八調的七羽之一,又名"夷則羽")為夷則羽,用中呂(古代樂律十二律的第六律。又稱仲呂、小呂)起調,此旁譜作么字是。

(二) 《三輔黃圖》[1]:昭帝[2]時,命水嬉游燕(同"遊宴")永日,

---

① 《三輔黃圖》,古地理書。作者不詳。書名最早見於《水經注》,《隋書·經籍志》亦著錄。原書一卷,今本為六卷,三十六篇。記載秦漢時期長安的城池、宮觀、陵廟、明堂、辟雍、郊峙等。

以文梓(有斑紋的梓木)為船,木蘭為柁(同"舵"),隨風輕漾,畢景(日影已盡,指入暮)忘歸。《述異記》:木蘭洲在潯陽江(古江名。指長江流經潯陽縣的一段,今在江西九江境内),中多木蘭樹,昔吳王闔(hé)閭[①]植木蘭於此,用構宮殿也。七里洲中有魯班刻木蘭為舟,舟至今存洲中。

"小",許增云:《歷代詩話》(清何文煥輯,收錄南朝梁鐘嶸《詩品》以下至明代詩話二十八種)作"水",汲古閣本同。杜按,作"小"者是。

阮郎歸

為張平甫壽,是日同宿湖西定香寺。

紅雲低壓碧玻璃。惺憁(sōng,形容鳥鳴聲輕快)花上啼。靜看樓角拂長枝,朝寒吹翠眉。

休涉筆(動筆),且裁詩,年年風絮時。繡衣夜半草符移(指擔任州推官的張鑑晚上還要起草公文),[(一)]月中雙槳歸。

又

旌陽宮殿(晉朝旌陽令許遜合家仙去,此指其舊址所建玉隆宮,宮

(接上页注②)漢昭帝劉弗陵(前94-前74),漢武帝少子,謚號為孝昭皇帝。昭帝即位年僅八歲,政事委於外戚霍光。因武帝征戰,時海内虛耗,民生凋敝,故輕徭薄賦,與民休息。始元二年(前81)召集郡國賢良文學會議鹽鐵,旋罷榷沽。又與匈奴恢復和親,在位14年間政治較為安定,社會經濟有所恢復。

① 闔閭(?-前496),又作闔廬,春秋末吳國君主,名光。周敬王六年(前514)殺吳王僚而自立。在位期間重用楚亡臣伍子胥及孫武等人整頓軍政,國勢為之一振,滅徐破楚,威振中原。後趁越國大喪之際攻越,為越王勾踐所敗,受傷而死。

在南昌,此詞應為追憶昔遊)昔裴徊(徘徊,留念),一壇雲葉垂。與君閒看壁間題,夜涼笙鶴期(吹笙乘鶴仙去的約定,用王子喬事)。

茅店酒,壽君時,老楓臨路岐。年年強健得追隨,名山游遍歸。

(一)《漢書》:侍御史有繡衣直指,出討奸猾,治大獄。

點 絳 唇

丁未(宋孝宗淳熙十四年,1187)冬過吳松作。

燕鴈無心,太湖西畔隨雲去。數峯清苦,商略(準備,醞釀)黃昏雨。

弟(古同"第")四橋(吳江城外的甘泉橋)邊,擬共天隨住。(一)今何許?凭闌懷古,殘柳參差舞。

(一)唐陸龜蒙,別號天隨子。

又

金谷人歸,(一)綠楊低掃吹笙道。數聲啼鳥,也學相思調。

月落潮生,掇送(猶催送)劉郎老。(二)淮南好,甚時重到?陌上生春草。

（一）石崇[①]自序（即《金谷詩序》）云："余有別廬，在金谷（在今河南洛陽西北）澗中，清泉茂樹，眾果竹柏藥物備具，又有水碓（duì）魚池。"何遜[②]詩："金谷賓游盛，青門冠蓋多。"（句出《車中見新林分別甚盛》）李商隱《杏花詩》："仙子玉京路，主人金谷園。"

（二）李賀詩："茂陵劉郎秋風客。"（句出《金銅仙人辭漢歌》）劉夢得（即劉禹錫）詩："種桃道士今何在？前度劉郎今再來。"[③]

虞美人

賦牡[④]丹。

西園（曹操在鄴都所建園林）曾為梅花醉，葉翦春雲細。玉笙涼夜隔簾吹，臥看花枝搖動一枝枝。

娉娉嫋嫋（同"褭"）教誰惜，空壓紗巾側。沈（同"沉"）香亭（在唐興慶宮，唐玄宗植牡丹於前，李白《清平樂》提及）北又青苔，唯

---

① 石崇（249–300），字季倫，渤海南皮（今河北南皮東北）人。晉初諂事賈后，官太僕、征虜將軍，至侍中。出任荊州刺史間，以攔劫貢使客商致巨富，與貴戚王愷、羊琇等爭為侈靡。八王之亂中，與齊王冏結党，為趙王倫所殺。工詩能文，原有集六卷，多已散佚。事跡詳見《晉書》卷三三《石崇傳》。

② 何遜，字仲言，東海郯縣（今山東郯城北）人。梁武帝天監中，起家奉朝請，歷建安王水曹行參軍兼記室、安成王參軍事兼尚書水部郎、廬陵王記室。其詩辭意雋美，審音煉字，對近體詩發展頗有影響。事跡詳見《梁書》卷四九《文學傳上·何遜傳》。

③ 句出《再遊玄都觀》，此兩句一般作："種桃道士歸何處？前度劉郎今又來。"按，此詩用劉義慶《幽明錄》所載劉晨、阮肇天台山採藥遇仙，歸家子孫已過七代之事，然語帶雙關。劉禹錫自序其原委稱："余貞元二十一年為屯田員外郎時，此觀未有花。是歲出牧連州，尋貶朗州司馬。居十年召至京師，人人皆言有道士手植仙桃，滿觀如紅霞，遂有前篇，以志一時之事。旋又出牧，今十有四年，復為主客郎中，重遊玄都，蕩然無復一樹，唯兔葵、燕麥動搖於春風耳。因再題二十八字，以俟後遊。時大和二年三月。"

④ 按，"牡"，原本誤作"壯"。

有當時蝴蝶自飛來。

又

摩挲紫蓋峯頭石,下瞰蒼厓立。玉盤搖動半厓花,花樹扶疏(枝葉茂盛,高低疏密有致)一半白雲遮。

盈盈相望無由摘,惆悵歸來屐。而今仙跡杳難尋,那日青樓曾見似花人。

憶王孫

番陽彭氏(彭氏為宋代鄱陽世族,族中有名臣彭汝礪、彭大雅等)小樓作。

冷紅(指楓葉)葉葉下塘秋,長與行雲共一舟。零落江南不自由,兩綢繆(情意纏綿意),料得吟鶯夜夜愁!

少年游

戲平甫。

雙螺(鬌髮梳成的螺形兩髻,為少女髮飾)未合,雙蛾先斂,(一)家在碧雲西。別母情懷,隨郎滋味,桃葉渡江時。(二)

扁舟載了,匆匆歸去,(三)今夜泊前溪。楊柳津頭,梨花牆外,心事兩人知。

（一）“蛾”，陸本作“娥”。鄭文焯云：“蛾”當為“娥”之譌，陸本是。

杜按，《詩》“蛾眉”當作“娥媌（miáo）”（《方言》：“秦晉之間，凡好而輕者，謂之娥；自關而東，河濟之間，謂之媌”），此自是小學家、經學家語。白石此詩，自承用作“蛾”。“雙螺”，“雙蛾”本對文也。何遜詩：“今夕千餘里，雙蛾映水生。”（句出何遜《望新月示同羈詩》）白居易詩：“嬋娟兩鬢秋蟬翼，宛轉雙蛾遠山色。”（句出白居易《井底引銀瓶》）

（二）《方輿紀勝》（書名當作《方輿勝覽》，南宋祝穆撰，為南宋後期地理總志）：桃葉渡在秦淮口，因王獻之[①]妾得名。王獻之《桃葉歌》：“桃葉復桃葉，渡江不用楫。”

（三）許增云：《詞譜》無“歸”字。

鷓鴣天

己酉（宋孝宗淳熙十六年，1189）之秋，苕溪記所見。

京洛（即洛陽）風流絕代人，[一]因何風絮落溪津？籠鞵（同“鞋”）淺出鴉頭韈（wà，古同“袜”），知是凌波縹緲身。[二]

紅乍笑，綠長嚬（古同“顰”，皺眉），與誰同度可憐春？鴛鴦獨宿何曾慣，化作西樓一縷雲。

① 王獻之（344-386），字子敬，東晉琅邪臨沂（今屬山東）人，世居會稽山陰（今浙江紹興），王羲之第七子。少為州丞，遷秘書丞，除建威將軍、吳興太守，征拜中書令。尚新安公主。少有盛名，高邁不羈。書法兼精諸體，尤以行草擅名。事跡詳見《晉書》卷八〇《王獻之傳》。

(一) 曹子建[①]《洛神賦序》云:“余朝京師,遠濟洛川,古人有言:斯水之神,名曰宓(fú)妃(伏羲氏女,溺死洛水,遂為洛水之神)。”

(二)《洛神賦》云:“凌波微步,羅韈生塵。”

又

予與張平甫自南昌同游西山玉隆宫,止宿而返,蓋乙卯(宋寧宗慶元元年,1195)三月十四日也。是日平甫初度(即生日),因買酒茅舍,竝(同“並”)坐古楓下。古楓,旌陽(晉朝曾任旌陽令的許遜,後得道仙去,稱許真君)在時物也。旌陽嘗以草屨(jù)(古時以麻葛製成的一種鞋)懸其上,土人以屨為屩(juē,草鞋),因名曰挂屩楓。蒼山四圍,平野盡綠,鬲(通“隔”)澗野花紅白,照影可喜,使人採擷,以藤糺(古同“糾”)纏著楓上。少焉月出,大於黄金盆。逸興横生,遂成痛飲,午夜乃寢。明年平甫初度,欲治舟往封禺松竹間,念此游之不可再也,歌以壽之。

曾共君侯歷聘(謂遊歷天下以求聘用,此處指遊訪)來,去年今日踏莓苔。旌陽宅裏疏疏磬,挂屩楓[②]前草草盃(同“杯”)。

呼煑(同“煮”)酒,摘青梅,今年官事莫徘[③]徊。移家徑入藍田縣(今屬陝西,古時以產美玉聞名,此處代稱張鑑的封禺別業),急急船頭打鼓催!

---

① 曹子建即曹植(192-232),字子建,沛國譙(今安徽亳縣)人,曹操第三子。曾封陳王,謚思,世稱陳思王。少有文才,善為詩文,特受其父寵愛,屢欲立為嗣,終因任性而行,不自雕勵,飲酒不節失寵。遭忌於兄丕,後憂慮成疾而終。其詩文兼有風骨與藻彩之美。事跡詳見《三國志·魏書》卷一九《陳思王植傳》。

② 按,“楓”,原本誤作“風”。

③ 按,“徘”,原本誤作“裴”。

又

丁巳(宋寧宗慶元三年,1197)元日。

柏綠椒紅(古時以柏葉、椒實泡酒,酒呈綠色、紅色,元旦用以祭祀、進奉)事事新,隔籬燈影賀年人。三茅鍾動西窗曉,(一)詩鬢無端又一春。

慵對客,緩開門,梅花閒伴老來身。嬌兒學作人間字,鬱壘(yù lǜ)神[①]荼(shū)寫未真。(二)

(一) 鄭文焯云:《輟耕錄》(即陶宗儀著《南村輟耕錄》)引陳隨應《南度行宮記》(或作《南渡行宮記》)云:吳知古掌焚[②]修(焚香修行,即宗教事務),每三茅觀鍾鳴,則觀堂之鍾應之。是知此解為道人在杭州作,可證。

(二)《風俗通》(亦名《風俗通義》,東漢應劭撰。原書三十卷,今存十卷,記東漢社會風俗及考論典禮):上古之時,有神荼、鬱壘昆弟二人,性能執鬼。蔡邕[③]《獨斷》(記漢代禮、樂、輿服制度及諸帝世次,也論及并考證前代禮樂制度):十二月歲竟,乃畫荼壘,并縣(古同"懸")葦索以禦凶。

---

① 按,"神",原本誤作"新"。

② 按,"焚",原本誤作"禁"。

③ 蔡邕(132-192),字伯喈,陳留圉(今河南杞縣南)人,蔡琰父。少博學,師事太傅胡廣。曾官議郎、侍御史、左中郎將等職。通經史、音律、天文,長於文學、書法。漢靈帝熹平四年(175),參與議定六經文字,邕自書經於碑,立太學門外,世稱"熹平石經"。事跡詳見《後漢書》卷六〇《蔡邕傳》。

又

正月十一日觀燈。

巷陌風光縱賞(縱情觀賞)時,籠紗(即紗籠,用絹紗作外罩的燈籠)未出馬先嘶。(一)白頭居士無呵殿(呼喝開路,跟隨殿後),只有乘肩小女隨。(二)

花市滿,月侵衣,少年情事老來悲。沙河塘(在杭州城南,為宋時繁華之地)上春寒淺,看了游人緩緩歸。

(一) 況周頤云:"籠紗①未出馬先嘶",七字寫出華貴氣象,卻淡雋不涉俗。

(二) 鄭文焯云:夢窗《元夕》詞②有"乘肩爭看③小腰身"(句出吳文英《玉樓春》)之句。

又云:《武林舊事》(南宋周密撰):"都城自舊歲孟冬④駕回,則已有乘肩小女鼓吹舞綰者數十隊,以供⑤貴邸豪家幕次之玩。"道人以江湖閒逸,感時觸景,聊記燈市風光,夢窗所謂草邊一笑,所費殊不多也。⑥

---

① 按,"紗",原本誤作"沙"。

② 按,"詞",原本誤作"調"。

③ 按,"看",原本誤作"着"。

④ 按,"孟冬",原本誤作"冬孟"。

⑤ 按,"供",原本誤作"貢"。

⑥ 按,"夢窗所謂草邊一笑,所費殊不多也",文意不明,不知所謂。今查周密《武林舊事》卷二"元夕"條上引文字後作:"而天街茶肆,漸已羅列燈毬等求售,謂之燈市。自此以後,每夕皆然。三橋等處,客邸最盛,舞者往來最多。每夕樓燈初上,則簫鼓已紛然自獻於下。酒邊一笑,所費殊不多,往往至四鼓乃還。"據此"夢窗"(吳文英)當作"草窗"(周密),"草邊"實為"酒邊"。

又

元夕不出。

一昨天街預賞時，[一]柳慳（qiān，柳枝嫩芽初發）梅小未教知。而今正是歡遊夕，卻怕春寒自掩扉。

簾寂寂，月低低，舊情惟有絳都詞[①]。芙蓉（指芙蓉花燈）影暗三更後，臥聽鄰娃笑語歸。[二]

（一）"一"，許增云：《歷代詩餘》[②]作"憶"，汲古閣本同。

（二）賀裳[③]云：二句駸駸（qīn，漸進貌）有詩人之致。

又

元夕有所夢。

肥水（在安徽，分東西兩隻，東流經合肥人巢湖，西流經壽縣入淮河）東流無盡期，當初不合種相思。夢中未比[④]丹青（繪畫）見，

---

① 絳都詞指北宋丁仙現詠汴京元夕賞燈的《絳都春》一詞，原詞為："融和又報。乍瑞靄霽色，皇州春早。翠幰競飛，玉勒爭馳都門道。鼇山彩結蓬萊島。向晚色、雙龍銜照。絳綃樓上，彤芝蓋底，仰瞻天表。　縹緲。風傳帝樂，慶三殿共賞，群仙同到。迤邐御香，飄滿人間聞嬉笑。須臾一點星球小。漸隱隱、鳴鞘聲杳。遊人月下歸來，洞天未曉。"

② 《歷代詩餘》，清康熙時沈辰垣等奉敕編，選自唐至明人詞作，凡一千五百四十調，九千餘首，分為一百卷；又詞人姓氏十卷，詞話十卷，共一百二十卷。

③ 賀裳，字黃公，江蘇丹陽人，康熙初諸生。工於詞，有《紅牙詞》，措語極工，又有詞論著作《皺水軒詞筌》。此外尚著有《史折》一書，為折衷明人評史諸作而成。

④ 按，"比"，原本誤作"必"。

暗裏忽驚山鳥啼。

春未綠,鬢先絲,人間別久不成悲。誰教歲歲紅蓮夜,(一)兩處沈吟各自知。

(一) 鄭文焯云:"紅蓮"謂燈。此可與丁未元日金陵江上感夢之作(即《踏莎行》一詞)參看。

又

十六夜出(一)。

輦路珠簾兩行垂,(二)千枝銀燭舞僛(qī)僛。(三)東風歷歷紅樓下,誰識三生杜牧之?(三生即前生、今生、後生,黃庭堅《廣陵早春》有句云:"春風十里珠簾卷,仿佛三生杜牧之")(四)

歡正好,夜何其,明朝春過小桃枝。鼓聲漸遠遊人散,(五)惆悵歸來有月知。

(一) 鄭文焯云:自丁巳元日至此詞十六夜出,竝(同"並")為道人旅杭時作。

(二) 許增云:"行",舊鈔本作"桁"。

(三)《詩·賓之初筵》篇:"屢舞僛僛"。《毛傳》云:"僛僛",舞不能自正也。(即舞姿輕盈搖曳狀)

(四)《舊唐書》:杜牧,字牧之,工詩文,嘗自負經緯才略。柱按:牧之集有《悵詩》。注云:牧佐宣城幕,游湖州,刺史崔君張水戲,使州人畢觀,令牧閑行(亦作"間行",即漫步)閱奇①麗,得垂髫者

① 按,"奇",原本誤作"寄"。

十餘歲。後十四年,牧刺湖州,其人已嫁生子矣,乃悵而為詩。詩云:"自是尋春去較遲,不須惆悵怨芳時。狂風落盡深紅色,綠葉成陰子滿枝。"(此段文字出自宋計有功《唐詩紀事》卷五六)

(五) "遊",陸本作"行",許增本亦作"行",注云:舊鈔本作"游"。鄭文焯云:作"行"非。

夜 行 船

己酉歲(宋孝宗淳熙十六年,1189),寓吳興,同田幾道尋梅北山沈氏圃,載雪而歸。

略彴(zhuó,獨木橋)橫溪人不度,(一) 聽流嘶、佩環無數。(二) 屋角垂枝,船頭生影,算唯有春知處。

回首江南天欲暮,折寒香、倩(請,央求)誰傳語? 玉笛無聲,(三) 詩人有句。(四) 花休道、輕分付(處置)。

(一) 蘇軾《游蔣山詩》:"略彴橫秋水",略彴,獨梁也。

(二) 鄭文焯云:"嘶",當為"澌",陸本正合。

(三) 李白詩云:"黃鶴樓中吹玉笛,江城五月落梅花。"(句出李白《與史郎中欽聽黃鶴樓上吹笛》)

(四) 指林逋[1]梅花詩(林氏詠梅詩作頗多)。

杏花天影(一)

丙午(宋孝宗淳熙十三年,1186)之冬,發沔口(漢水入長江處)。丁

---

[1] 林逋(967-1028),字君復,宋初錢塘(今浙江杭州)人。少孤,性恬淡好古,不樂仕進,初遊於江、淮間,後歸杭州,結廬西湖孤山,二十年足不及城市。不 (转下页)

未(宋孝宗淳熙十四年,1187)正月二日,道金陵。北望淮楚,風日清淑(清和、清明)。小舟挂席(揚帆航行),容與波上(隨水波起伏動盪貌)。

綠絲低拂鴛鴦浦。想桃葉、當時喚渡。(二)又將愁眼與春風①,待去,倚蘭橈(小舟的美稱)更少駐。

金陵路、鶯吟燕舞。算湖水、知人最苦。滿汀芳草不成歸,日暮,更移舟向甚處?

(一) 張文虎云:此詞不注宮調,以其所用字及殺聲推之,則中呂調也。

又云:旁譜諸字合作ム《詞源》同,疑本作"亼",乃"合"之半字也,[illegible]四竝(同"並")作マ,《詞源》[illegible]作[illegible]、[illegible],四作メマ。[illegible]一竝(同"並")作一,《詞源》[illegible]作[illegible],一作一。上作么,亦或作ㄣ,《詞源》作ㄣ,疑本作[illegible],乃上字草書也。勾作ㄴ,《詞源》同此字,當時樂工以配蕤(ruí)賓律者,以其介於ㄣ、∧之間,故其字形以為記號。然姜詞有旁譜者,惟高平詞之《玉梅令》及《角招》皆用蕤賓勾字,餘譜中有ㄴ者,皆形近而譌,如ㄣ、∧、フ、マ、ム皆易混也。尺作∧,《詞源》同。[illegible]工作工,《詞源》[illegible]作[illegible],工作工。[illegible]凡作リ,《詞源》[illegible]作[illegible],凡作リ。六作[illegible],亦或作六,《詞源》作幺,疑本作[illegible],六艸書也。[illegible]五竝作ゅ,《詞源》[illegible]作[illegible],五作ゅ。[illegible]高五也,即緊五。作[illegible]詞源作[illegible]。

又云:《詞源》管色應指譜有[illegible]大住,カ小住,リ掣,ㄣ折,フ打諸記號,此旁譜亦有ッ、リ、ク、ㄣ、ゅ、カ、フ、ノ等記,與凡、五、工等字相亂,不能悉正,以待知音。(以上諸語見張文虎《舒藝室餘筆》卷三)

(二) 見上《少年游》。

(接上页注①)娶無子,所居植梅蓄鶴,人謂梅妻鶴子。宋仁宗賜謚"和靖先生"。善行書,喜為詩,多奇句。事跡詳見《宋史》卷四五七《隱逸傳上·林逋傳》。

① 按,原本"風"作"花",疑誤。

醉吟商小品(一)

石湖老人(即范成大)謂予云:"琵琶有四曲,今不傳矣,曰《濩索一曰濩弦梁州》、《轉關綠腰》(亦作《轉關六幺》),《醉吟商湖渭州》,(二)《歷弦薄媚》也。"予每念之。辛亥(宋光宗紹熙二年,1191)之夏,予謁楊廷秀丈(即楊萬里,時官江東轉運副使)於金陵邸中,遇琵琶工解作《醉吟商湖渭州》,(三)因求得品弦法,譯成此譜,實雙聲耳。

又正是春歸,(四)細柳暗黃千縷,暮鴉啼處。夢逐金鞍去。一點芳心休訴,琵琶解語。(五)

(一) 張文虎云:此詞亦不注宮調,據其名稱及序云"雙聲",則雙調也。

(二) 許增云:"湖",《詞譜》作"胡"。鄭文焯云:《詞譜》作胡渭州,是。

(三) 許增云:"湖",《詞譜》作"胡"。柱按:《詞苑萃編》(清馮金伯據徐釚《詞苑叢談》編纂,為詞話彙編)引亦作胡。

(四) 許增云:《詞譜》無又字。

鄭文焯云:攷宋譜俗管以上作ㄣ,折字作丿,此本么字旁譜微譌,當作么,則簡明矣。

(五) 許增云:按葉譜夢逐句分段。

玉梅令高平調(一)

石湖(二)家自製此聲,未有語實之(未填寫歌詞),命予作。石湖宅南,鬲(通"隔")河有圃曰"范邨",梅開雪落,竹院深靜,而石湖畏寒不出,故戲及之。

疏疏雪片,散入溪南苑。春寒鎖、舊家亭館。有玉梅幾樹,背立怨東風,高花未吐,(三)暗香已遠。

公來領客[1],梅花能勸。花長好、願公更健。便揉春為酒,翦(同"剪")雪作新詩,拚(捨得,不吝惜)一日、繞花千轉。

(一) 鄭文焯云:高平調即林鍾羽,管色用尺工凡下四四一勾,起調用一字,第二字花是。

(二) 又云:攷《范石湖記》:余於石湖玉雪坡,既有梅數百本。比年又於舍南買王氏僦舍[2]七十楹,盡拆除之,治為范邨。以其地三分之一與梅。吳下栽梅特盛,其品不一,今始盡得之,隨所得為之譜,以遺好事者。(語出范成大《范村梅譜》自序)

(三) 許增云:《詞譜》無"高"字。

鄭文焯云:或云"高"字衍,"梅"下奪一"下"字,但依旁譜采按字句,未敢臆斷。

踏莎行

自沔東來,丁未(宋孝宗淳熙十四年,1187)元旦日,至金陵江上感夢而作。

燕燕輕盈,鶯鶯嬌暖。[3] 分明又向華胥見。(一)夜長爭

---

① 按,"領客",他本或作"領略"。

② 按,"舍",原本誤作"余"。

③ 燕燕、鶯鶯本喻娇妻美妾,此處指思念的情人。蘇軾《張子野年八十五尚聞買妾述古令作詩》云:"詩人老去鶯鶯在,公子歸來燕燕忙。"

得(即怎得)薄情知？春初早被相思染。

別後書辭,別時鍼(同"針")線。離魂暗逐郎行遠。淮南皓月冷千山,冥冥歸去無人管。

(一)《列子》黃帝夢游華胥氏之國。[①]

訴衷情

端午宿合路(即合路橋,為蘇州吳江縣管下市鎮)。

石榴一樹浸溪紅,零落小橋東。五日淒涼心事(指追念屈原投江),(一)山雨打船蓬。

諳世味,楚人弓,(二)莫沖沖[②]。白頭行客,不採蘋花,孤負薰風(和暖的東南風)。

(一) 鄭文焯云:万俟(mò qí)[③]詞,"五日淒涼,今古與誰同。"(句出万俟詠《南歌子》)

(二)《孔子家語》:楚共王出遊,亡其烏號之弓。左右請求之。楚王曰:"楚人失弓,楚人得之,又何求焉?"孔子聞之,曰:"惜乎其不大也。不曰:'人遺之,人得之。'何必楚也?"

---

① 《列子·黃帝》:"(黃帝)晝寢,而夢游於華胥氏之國。華胥氏之國在弇州之西,台州之北,不知斯齊國幾千萬里。蓋非舟車足力之所及,神遊而已。"此處"華胥見"即夢中見之意。

② 按,"沖沖",他本多作"忡忡",即憂愁之意。

③ 万俟為複姓,此即万俟詠,字雅言,自號詞隱。遊上庠不第,宋徽宗崇寧中召試補官,充大晟府制撰,南宋初補下州文學。長調、小令俱擅,精音律,多創調,詞風與周邦彥相近。按,"万",原本誤作"萬"。

浣 溪 沙

予女須(即女嬃,楚人稱姊為嬃)家沔之山陽,左白湖(即太白湖,在今湖北漢陽西),右雲夢(古澤藪名,唐宋時代指今湖北安陸一帶),春水方生,浸數千①里,冬寒沙露,衰草入雲。丙午(宋孝宗淳熙十三年,1186)之秋,予與安甥或蕩舟採菱,或舉火罝(jū,捕兔之網)(一)兔,或觀魚簺(sài,用竹木編成的斷水捕魚的欄柵)下。山行野(二)吟,自適其適,憑虛(立於空曠之處)悵望,因賦此闋。(三)

著酒(帶著酒意)行行滿袂風,草枯霜鶻(鷙鳥名,即隼)落晴空。銷魂都在夕陽中。

恨入四弦(即琵琶)人欲老,(四)夢尋千驛意難通。當時何似莫匆匆。

(一) 杜按:《詞苑萃編》,"罝"作"置",誤。

(二) 杜按:《詞苑萃編》,"野"作"墅",誤。

(三) 杜按:《詞苑萃編》,引作"因賦《浣溪沙》一闋"。

(四)《異聞錄》:酒徒鮑生,好蓄聲伎(即聲妓,歌姬舞女),外弟韋生,好駿馬,一日兩易所好,乃以女妓善四弦者換紫叱撥②(駿馬名)。白居易《琵琶引》(即《琵琶行》):"曲終收撥當心畫,四絃一聲如裂帛。"

---

① 按,"千",原本誤作"十"。

② 紫叱撥,駿馬名。叱撥為西域駿馬的代稱,語源于波斯語,意為馬。《續博物志》載大宛汗血馬之名有紅叱撥、紫叱撥、桃花叱撥等,亦即紅馬、紫馬、桃花馬之意。

又

己酉歲(宋孝宗淳熙十六年,1189),客吴興,收燈夜(即正月十六日夜,據吴自牧《夢粱録》載南宋風俗十六日元宵燈節即散)闔戶(閉門)無聊,俞商卿(即俞灝)呼之不出,(一)因記所見。

春點疏梅雨後枝,翦燈心事(化用李商隱《夜雨寄北》:"君問歸期未有期,巴山夜雨漲秋池。何當共剪西窗燭,卻話巴上夜雨時")峭寒時(春寒料峭時節)。市橋攜手步遲遲。

蜜炬來時(蜜炬即蠟燭,指秉燭夜遊)人更好,玉笙吹徹夜何其。東風落靨(yè,本為酒窩,此以美人笑靨喻梅花)不成歸。

(一)"不",許增云:舊鈔本作"共"。

鄭文焯云:舊鈔本作"共"。宜據正。若云"不出",則未由記所見。陸本同此誤。①

又

辛亥(宋光宗紹熙二年,1191)正月二十四日發合肥。

釵燕(釵上之燕狀鑲飾物)籠雲(挽結雲鬟)晚不忺(xiān,高興,適意),擬將裙帶繫郎舩(同"船")。别離滋味又今年。

楊柳夜寒猶自舞,鴛鴦風急不成眠。些兒(細小)閒事

① 按,詞中"市橋攜手步遲遲"亦證"不"當作"共"。

莫縈牽。

又

丙辰(宋寧宗慶元二年,1196)歲不盡五日(除夕前五日),吳松江[①]作。

雁怯重雲不肯啼,畫船愁過石塘(在蘇州)西。打頭風浪惡禁持(折磨,使受苦)。

春浦漸生迎棹綠,小梅應長亞(旁,靠)門枝。一年燈火要人歸。

又

丙辰(宋寧宗慶元二年,1196)臘,與俞商卿、銛(xiān)朴翁(即葛天民)同寓新安溪莊舍,得臘花(一)韻甚(臘梅花甚有韻致之意),二首[②]。

花裹春風未覺時,美人呵蕊綴橫枝(指梅枝。林逋《梅花》:雪後園林才半樹,水邊籬落忽橫枝)。鬲(通"隔")簾飛過蜜蜂兒。

書寄嶺頭[③]封不到,影浮杯面誤人吹(人誤以杯中梅影為落梅,故欲吹去)。寂寥惟有夜寒知。

---

① 按,他本無"江"字。

② 按,此處文意不通,校以他本,實脫一"賦"字,即應作"賦二首"。

③ 《太平御覽》卷一九載:"陸凱與范曄為友,在江南寄梅花一枝詣長安與曄,並贈詩云:折梅逢驛使,寄與隴頭人。江南無所有,聊贈一枝春。"嶺頭,指大庾嶺,在江西與廣東兩省邊境,為南嶺的組成部分。唐代名臣張九齡督鑿新路,道旁多植梅樹,故又名梅嶺。

(一) “花”,許增云:舊鈔本作“梅“。

鄭文焯云:“花”,舊抄本作“梅”。案,“臘”當作“蠟”,此因上“臘”字平列成訛。陸本同。

又云:詞中用蜜蜂烘託蠟字,用庾嶺暗切梅字,是詠梅可證。

又

翦翦寒花(指臘梅)小更垂,阿瓊愁裏弄妝遲(溫庭筠《菩薩蠻》:懶起畫蛾眉,弄妝梳洗遲)。(一) 東風燒燭夜深歸。

落蕊半黏釵上燕,露橫[1]斜映鬢邊犀(指犀角製成的髮簪)。老夫無味已多時。(二)

(一) 《漢武內傳》(舊本題漢班固撰,實為魏晉間士人所為,為志怪小説):王母乃命侍女許飛瓊鼓震靈之簧。溫庭筠詩:“香燈悵望飛瓊鬢,涼月殷勤碧玉簫。”(句出溫庭筠《經舊遊》)

(二) 鄭文焯云:結句用味如嚼蠟之義,甚新。

---

① 按,“橫”,他本或作“黃”。

卷五(白石道人詞)

慢

霓裳中序第一

丙午歲(宋孝宗淳熙十三年,1186),留長沙,登祝融(南嶽衡山主峰祝融峰),因得其祀神之曲,曰《黄帝鹽》、(一)《蘇合香》。又於樂工故書中得商調(樂曲七調之一,其音悽愴哀怨)《霓裳曲》十八闋,皆虚譜無辭。按沈氏《樂律》"《霓裳》道調"(指宋代沈括《夢溪筆談》卷五《樂律》篇,其中認為《霓裳》是道調法曲),此乃商調。樂天(即白居易)詩云"散序六闋"(白居易《和元微之霓裳羽衣歌》一詩,有"散序六奏未動衣,陽臺宿雲慵不飛"句。六奏即六闋),此特兩闋,未知孰是?然音節閒雅,不類今曲。予不暇盡作,作中序一闋傳於世。予方羈游,感此古音,不自知其辭之怨抑也。

亭皋(水邊平地)正望極,亂落江蓮歸未得。(二)多病卻無氣力。(三)況紈扇漸疏①,羅衣初索(疏遠)。(四)流光過隙,歎杏梁(文杏木的房梁,司馬相如《長門賦》:"飾文杏以為梁")、雙燕如

① 班婕妤《怨歌行》:"新裂齊紈素,鮮潔如霜雪。裁為合歡扇,團團以明月。出入君懷袖,動搖微風發。常恐秋節至,涼飆奪炎熱。棄捐篋笥中,恩情中道絕。"言夏去秋來,紈扇、羅衣均漸棄而不用,以喻恩情斷絕。

客。人何在？一簾澹月，彷彿照顏色。(李白《夢杜甫》:“落月滿屋梁,猶疑照顏色”)

幽寂,亂蛩(qióng,蟋蟀)吟壁,動庾信、清愁似織。(五) 沈思年少浪跡。笛裏關山(指古樂府曲《關山月》,其曲調憂傷,表離別懷鄉之情),柳下坊陌。墜紅無信息,漫暗水、涓涓溜碧。漂零久,而今何意,醉臥酒壚側。(六)

(一) 杜按:“鹽”,《詞苑萃編》作“監”,誤。

(二) “江”,許增云:《歷代詩餘》作“紅”,《詞譜》同。

(三) “卻”,許增云:《詞譜》作“怯”。

(四) 許增云:索借叶。

(五) 庾信,字子山。杜甫詩云:“庾信平生最蕭瑟,暮年詩賦動江關。”(句出杜甫《詠懷古跡五首·其一》)

(六) 《世説》:阮公[①]鄰家婦有美色,當壚酤酒,阮與王安豐[②]常從婦人飲,既醉便眠婦側,夫疑之,伺察終無他意。(語出劉義慶《世説新語·任誕》)

慶 宮 春

紹熙辛亥(即宋光宗紹熙二年,1191)除夕,予別石湖歸吳興。雪

① 阮公即阮籍(210-263),字嗣宗,陳留尉氏(今屬河南)人,“建安七子”之一阮瑀子,名列“竹林七賢”,曾任步兵校尉,世稱“阮步兵”。魏高貴鄉公時曾封關內侯,任散騎侍郎,本有濟世志,迫于司馬氏專權,政治敏感,談玄縱酒,故作狂放,蔑視禮法,崇尚老莊。主要作品是八十二首五言《詠懷》詩。事跡詳見《三國志》卷二一《阮籍傳》。

② 王安豐即王戎(234-305),字濬沖,琅邪臨沂(今屬山東)人,曾封安豐縣侯,故稱王安豐。好清談,為“竹林七賢”之一。晉惠帝時,與賈氏聯姻,又曾優容趙王倫党孫秀,累官尚書令、司徒。貪吝好貨,苟媚取容,為時人所鄙。事跡詳見《晉書》卷四三《王戎傳》。

後,夜過垂虹,嘗賦詩云:“笠澤(松江亦名笠澤)茫茫雁影微,玉峯重疊護雲衣。長橋寂寞香寒夜,只有詩人一舸歸。”後五年冬(宋寧宗慶元二年,1196),復與俞商卿、張平甫、銛朴翁自封禺同載,詣梁溪。道經吴松,山寒天迥,雪浪四合,中夕相呼步垂虹,星斗下垂,錯雜漁火,朔吹凛凛,卮(zhī)酒(猶言杯酒)不能支。朴翁以衾自纏,猶相與行吟,因賦此闋。蓋過旬,塗藁乃定。朴翁咎予無益,然意所耽,不能自已也。平甫、商卿、朴翁皆工於詩,所出奇詭,予亦强追逐之。此行既歸,各得五十餘解(樂曲一章稱一解,此即五十餘首)。

雙槳蓴(chún,同“蒓”)波(漂浮蓴菜的水波),一蓑松雨,暮愁漸滿空闊。呼我盟鷗(與鷗鳥訂盟同住水鄉,比喻退隱山林),翩翩欲下①,背人還過木末(樹梢)。那回歸去,蕩雲雪,孤舟夜發。傷心重見,依約眉山(如眉之遠山),黛痕低壓。

采香涇(蘇州古跡,為香山旁的小溪)裹春寒,(一)老子(作者自謂)婆娑(盤桓,逗留),自歌誰答。垂虹西望,飄然引去,此興平生難遏。酒醒波遠,政(同“正”)凝想、明璫(用珠玉串成的耳飾)素襪。如今安在?(二)唯有闌干(欄杆),伴人一霎。

(一)“涇”,沈遜齋本作“逕”。鄭文焯云:“逕”,陸本作“涇”。宜从沈本。

(二)曹植《洛神賦》:“凌波微步,羅韈生塵”。又云:“無微情以効愛兮,獻江南之明璫。”

① 《列子·黃帝篇》載:“海上之人有好漚鳥者,每旦之海上,從漚鳥遊。漚鳥之至者,百住而不止。其父曰:‘吾聞漚鳥皆從汝遊,汝取來,吾玩之。’明日之海上,漚鳥舞而不下者也。”

齊天樂黄鍾宫(一)

丙辰歲(宋寧宗慶元二年,1196),與張功父(即張鎡)會飲張達可之堂,聞屋壁間蟋蟀有聲,功父約予同賦,以授歌者。功父先成,辭甚美。① 予徘徊茉莉花間,仰見秋月,頓起幽思,尋亦得此。蟋蟀,中都(指南宋都城臨安)呼為促織,善鬬,好事者或以二、三十萬錢(二)致一枚,鏤象齒為樓觀以貯之。(三)

庾郎(指庾信)先自吟愁賦②,淒淒更聞私語。露溼銅鋪(銅製用來銜門環的部件,即銅鋪首),苔侵石井,都是曾聽伊處。哀音似訴,正思婦無眠,起尋機杼(織布機)。曲曲屏山(屏風),夜涼獨自甚情③緒?

西窗又吹暗雨,為誰頻斷續,相和砧(zhēn)杵(亦作砧杵,指擣衣石和棒槌)。候館(驛館)迎秋(王褒《聖主得賢臣頌》:"蟋蟀候秋吟"),(四)離宫弔月(李賀《宫娃歌》:"啼蛄弔月鉤闌下,屈膝銅鋪鎖阿甄"),别有傷心無數。豳(五)詩謾④與(隨意揮灑),(六)笑籬落(即籬笆)呼燈,世間兒女。寫入琴絲,一聲聲更苦。(七)

---

① 張功父即張鎡,此處提及其此作為《滿庭芳·促織兒》:"月洗高梧,露溥幽草,寶釵樓外秋深。土花沿翠,螢火墜牆陰。静聽寒聲斷續,微韻轉、淒咽悲沉。爭求侶,殷勤勸織,促破曉機心。　兒時曾記得,呼燈灌穴,斂步隨音。任滿身花影,猶自追尋。攜向華堂戲鬥,亭臺小、籠巧妝金。今休説,從渠床下,涼夜伴孤吟。"

② 庾信有《愁賦》,今本庾集不載,已佚。宋人葉廷珪《海錄碎事》卷九下《愁樂門》:"庾信《愁賦》曰:誰知一寸心,乃有萬斛愁。"另條:"庾信《愁賦》:攻許愁城終不破,蕩許愁門終不開。何物煮愁能得熟,何物燒愁能得然。閉門欲驅愁,愁終不肯去。深藏欲避愁,愁已知人處。"其他宋代類書亦多稱引。

③ 按,原本此處衍一"情"字。

④ 按,"謾",他本多作"漫"。

(一) 賀裳云:稗史(載閭巷風俗、遺聞舊事之書)稱韓幹[①]畫馬,人入其齋,見幹身作馬形。凝思之極,理或然也,作詩文亦必如此始工。如史邦卿詠燕(史達祖《雙雙燕·詠燕》),幾於形神俱似矣。次則姜白石詠蟋蟀,"露溼銅鋪,苔侵石井,都是曾聽伊處。哀音似訴,正思婦無眠,起尋機杼。"又云:"西窗又吹暗雨,為誰頻斷續,相和砧杵。"數語刻劃亦工,蟋蟀無可言,而言聽蟋蟀者,正姚鉉[②]所謂"賦水不當僅言水,而言水之前後左右也"。(語出《皺水軒詞筌》)

(二) "三二",沈遜齋本作"三二"。鄭文焯云:陸本作"二三十萬",此倒置。

(三) 鄭文焯云:《負暄雜錄》(宋顧文薦撰):鬥蛩之戲,始於天寶(唐玄宗年號,742-756)間。長安富人鏤象牙為籠而蓄之。以萬金之資付之一喙。此敘所記好事者云云,可知其習尚至宋宣政(宋徽宗政和、宣和年間,1111-1118、1119-1125)間,殆有甚於唐之天寶時矣。功父《滿庭芳》詞詠促織兒,清雋幽美,實擅詞家能事,有觀止之歎;白石別構一格,下闋託寄遙深,亦足千古已。

(四) "候",沈遜齋本作"侯"。鄭文焯云:"侯館"當作"候館"。陸本是。

(五)《詩·豳風·七月篇》:"十月蟋蟀入我牀下"。

(六) "與",許增云:舊鈔本作譜。

(七) 原注,宣政間有士大夫製《蟋蟀吟》。

---

① 韓幹,唐代畫家。少時曾為酒肆送酒,後得王維資助,學畫十餘年。玄宗天寶初年召為內廷供奉,官至太府寺卿。善畫人物,尤工畫馬。

② 姚鉉(968-1020),字寶之,廬州合肥(今屬安徽)人。太平興國八年(983)進士。淳化五年(994),曾侍宴內苑,應制賦詩,特被嘉獎,累遷兩浙轉運使。藏書至多,善筆劄,文詞敏麗,尤工詩。嘗纂唐代詩文一百卷(《唐文粹》),欲以此推崇韓柳古文。事跡詳見《宋史》卷四四一《文苑傳二·姚鉉傳》。

滿 江 紅

《滿江紅》舊調(一)用仄韵,多不協律,如末句云"無心撲"三字①,歌者將"心"字融入去聲,方諧音律。予欲以平韵為之,久不能成。因泛巢湖(在今安徽合肥東南),聞遠岸簫鼓聲,問之舟師(艄公),云:"居人(當地居民)為此湖神姥壽也。"予因祝曰:"得一席風,(二)徑至居巢(古縣名,今安徽巢湖市東北),當以平韻《滿江紅》為迎送神曲。"言訖,風與筆俱駛,頃刻而成。末句云(三)"聞佩環"則協律也。書以綠箋,沈於白浪,辛亥(宋光宗紹熙二年,1191)正月晦也。是歲六月,復過祠下,因刻之柱間。有客來自居巢云:"土人祠姥,輒能歌此詞。"按曹操至濡須口(濡須為古水名,濡須口在今安徽無為北),孫權遺操書曰:"春水方生,公宜速去。"操曰:"孫權不欺孤。"乃徹軍還。濡須口與東關相近,江湖水②之所出入。予意春水方生,必有司之者,故歸其功於姥云。

仙姥來時,正一望千頃翠瀾,(四)旌旗共亂雲俱下,(五)依約(隱約)前山。命駕羣龍金作軛(è,駕車時擱在牛馬頸上的曲木),相從諸娣玉為冠。(六)向夜深,風定悄無人,聞珮環。

神奇處,君試看。奠(鎮守)淮右,阻江南。遣六丁(道教認為丁卯、丁巳、丁未、丁酉、丁亥、丁丑六丁為陰神,為天帝所役使)雷電,别守東關。(七)卻笑英雄無好手,一篙春水走曹瞞。(八)又怎

① 周邦彦《滿江紅》:"晝日移陰,攬衣起、香帷睡足。臨寶鑒、綠雲撩亂,未忺妝束。蝶粉蜂黄都褪了,枕痕一線紅生玉。背畫欄、脈脈悄無言,尋棋局。　　重會面,猶未卜。無限事,縈心曲。想秦箏依舊,尚鳴金屋。芳草連天迷遠望,寶香薰被成孤宿。最苦是、蝴蝶滿園飛,無心撲。"

② 按,原本脱一"水"字。

知,人在小紅樓,簾影間。

(一)“調”,許增云:《絕妙好詞》作“詞”。

(二)“席”,許增云:《絕妙好詞》作“夕”。

(三)杜按:《詞苑萃編》無“云”字。

(四)鄭文焯云:詞律上去聲字有作平用之例。如集中近字,類可證。此曲為道人自製平均(古同“韻”),第二句、第五句千頃之頃,審音當作平。證以夢窗兩作,一用“蒼浪”①,本漢《樂府》“上有蒼浪天”②,浪為平聲,猶云天色之老倉也。汲古本不誤,萬氏③引作“滄浪”,四印齋刻(王鵬運曾匯刻《花間集》及宋、元諸家詞為《四印齋所刻詞》)從之,非是。滄浪出《禹貢》(《尚書》篇名,載古地理等事),水名,今誤為水貌之通訓。

又云:吳詞次解作“胡婕”④,“婕”字亦入平例,是知白石之“頃”字亦不作上用,有左諭矣。近世詞人作此解并不達斯音呂,故訂及之。

(五)“共”,許增云:《絕妙好詞》作“擁”。

---

① 吳文英《滿江紅·澱山湖》全詞為:“雲氣樓臺,分一派、蒼浪翠蓬。開小景、玉盆寒浸,巧石盤松。風送流花時過岸,浪搖晴練欲飛空。算鮫宮、只隔一紅塵,無路通。神女駕,淩曉風。明月佩,響丁東。對兩蛾猶鎖,怨綠煙中。秋色未教飛盡雁,夕陽長是墜疏鐘。又一聲、欸乃過前岩,移釣篷。”

② 句出曹丕《大牆上蒿行》,所引之句當作“上有倉浪之天,今我難得久來視。下有蠕蠕之地,今我難得久來履。”此處脫“之”字。

③ 指清人萬樹所撰《詞律》。萬樹(1630-1688),字紅友、花農,號山翁,宜興(今屬江蘇)人。國子監生。康熙時曾為兩廣總督吳興祚幕賓。後自粵歸,死於途中。精詞學,所編《詞律》,為填詞者所重。又撰雜劇、傳奇二十餘種。另有《堆絮園集》、《香膽詞》、《璇璣碎錦》。

④ 吳文英《滿江紅·餞方蕙岩赴闕》:“竹下門敲,又呼起、蝴蝶夢清。閑裏看、鄰牆梅子,幾度仁生。燈外江湖多夜雨,月邊河漢獨晨星。向草堂、清曉卷琴書,猿鶴驚。　宮漏靜,朝馬鳴。西風起,已關情。料希音不在,女瑟媧笙。蓮蕩折花香未晚,野舟橫渡水初晴。看高鴻、飛上碧雲中,秋一聲。”

(六) 原注,廟中列坐如夫人者十三人。

(七)《異人記》:上元中,台州道士王遠知,善《易》,總十五卷。一日,雷雨雲霧,中一老人語遠知曰:"所泄者書何在?上帝命吾攝六丁雷電追取。"遠知據[①]地(以手按著地,古人席地而坐,據地以示敬),旁有六人青衣已捧書立矣。遠知曰:"青丘元老傳授也。"

(八)《魏志》:太祖武皇帝姓曹諱操,字孟德。注,太祖一名吉利,小字阿瞞。

一 萼 紅

丙午(宋孝宗淳熙十三年,1186)人日(正月初七),予客長沙別駕(別駕為漢代設置官職,在宋代為州府通判別稱,為地方次級長官。此處指時任湖南通判的蕭德藻)之觀政堂。堂下曲沼,沼西負古垣,有盧橘幽篁,一逕深曲。穿逕而南,官梅數十株,如椒如菽(shū,豆的總稱,此指梅蕾如豆),或紅破,或[②]白露,枝影扶疏。著屐蒼苔細石間,埜(同"野")興橫生,亟命駕登定王臺,(一)亂湘流(橫渡湘江)入麓山(即嶽麓山),(二)湘雲低昂,湘波容與(從容舒緩)。興盡悲來,醉吟成調。

古城陰,有官梅幾許,紅萼未宜簪(插、戴於鬢上)。池面冰膠(池水結冰),牆腰雪老,雲意還又沈沈(亦作"沉沉",深沉之意)。翠藤共、閒[③]穿徑竹,漸笑語、驚起臥沙禽。野老林泉,故王臺榭,呼喚登臨。

① 按,"據",原本誤作"掘"。
② 按,他本或無"或"字。
③ 按,"閒",原本誤作"間"。

南去北來何事?蕩湘雲楚水,目極傷心。朱戶黏雞,(三)金盤簇燕,(四)空歎[①]時序(時間,光陰)侵尋(流逝)。記曾共、西樓雅集,想垂楊、還裊萬絲金。(五)待得歸鞍到時,(六)只怕春深。

(一) 許增云:《方輿勝覽》云:定王臺在潭州,俗傳漢長沙定王(漢景帝之子長沙定王劉發)載米博長安土(指運米入長安,回程換取長安土),築臺於此,以望其母唐姬[②],張安國[③]名曰"定王臺",自為書匾。

(二) 鄭文焯云:麓山在湘江上。

(三)《拾遺記》(東晉王嘉撰,十卷),堯時有祗支之國,獻重明之鳥,一名重精,狀如雞,能搏逐猛獸虎狼,使妖災羣惡不能為害。[④]

(四)《荊楚歲時記》(南朝梁宗懍撰),有翦綵為燕之說。[⑤]

(五)"楊",許增云:《歷代詩餘》作"柳"。汲古閣本同。張文虎云:一本作"柳"。與前段"語"字合。

(六)"鞍",許增云:《詞潔》(清先著、程洪著,六卷,選詞的同時,

---

① 按,"歎",原本誤作"難"。

② 按,原書標點為:"以望其母。唐姬張安國名曰定王臺",顯誤。

③ 張安國即張孝祥(1132-1169),字安國,人稱于湖先生,烏江(今安徽和縣)人。宋高宗紹興二十四年(1154)廷試第一。歷任校書郎、禮部員外郎、集英殿修撰、中書舍人等職。隆興初,張浚北伐,以都督府參贊軍事入幕兼領建康留守,後遭罷。乾道間,先後知靜江、潭州、荊南,五年(1169),因病以顯謨閣直學士致仕,卒。擅詞能詩,有《于湖集》。事跡詳見《宋史》卷三八九《張孝祥傳》。

④ 南朝梁宗懍《荊楚歲時記》載:"正月一日,是三元之日也,謂之端月。雞鳴而起。先於庭前爆竹,以辟山臊惡鬼。貼畫雞,或斵鏤五采及土雞於戶上。造桃板著戶,謂之仙木。繪二神貼戶左右,左神荼,右鬱壘,俗謂之門神。"

⑤ 周密《武林舊事》載:"(立春前一日)後苑辦造春盤供進,及分賜貴邸宰臣巨璫,翠縷紅絲,金雞玉燕,備極精巧,每盤值萬錢。"

時加評議)作"鞭"。

念奴嬌

予客武陵(即鼎州,今湖南常德),湖北憲治(荊湖北路提點刑獄司駐地)在焉。古城野水,喬木參天,予與二三友,日蕩舟其間,薄(靠近)荷花而飲,氣(一)象幽閒,不類人境。秋水且涸,荷葉出地尋丈,因列坐其下,上不見日,清風徐來,綠雲自動,間于疏處,窺見游人畫船,亦一樂也。朅(qiè)(句首語助詞)來吳興,數得相羊(徜徉)荷花中。又夜泛西湖,光景奇絕,故以此句寫之。

鬧紅(指盛開之荷花)一舸,記來時、嘗與鴛鴦為侶。三十六陂人未到,(二)水佩風裳無數。翠葉吹涼,(三)玉容銷酒(指荷花紅暈,如玉顏酒後泛紅),更灑菰(gū)蒲雨。嫣然搖動,冷香飛上詩句。

日暮青蓋亭亭(直立貌),情人不見,爭(怎)忍凌波去。(四)只恐舞衣寒易落,(五)愁入西風南浦[①]。高柳垂陰,老魚吹浪,留我花間住。田田(蓮葉盛密貌。《江南曲》:"江南可採蓮,蓮葉何田田")多少,幾回沙際歸路。

(一) 杜按:"氣",《詞苑萃編》引作"意"。

(二)《寰宇记》(即《太平寰宇記》,樂史撰,二百卷,為宋太宗時編撰的地理總志),圃田澤在中牟縣(今屬河南),為陂者三十有六。

(三) "吹",許增云:舊本作"招"。

---

① 南浦,泛指水邊的送別之所。屈原《九歌·河伯》:"與子交手兮東行,送美人兮南浦。"江淹《別賦》:"春草碧色,春水淥波,送君南浦,傷如之何。"

(四) 沈遜齋本"忍"上無"爭"字,末句"路"下注"爭"字。鄭文焯云:"忍"上陸本有"爭"字,沈本奪,補注於末。

(五) "寒",許增云:《歷代詩餘》作"容",《詞譜》同。

又

謝人惠竹榻。

楚山修竹,自娟娟(姿態柔美貌)、(一)不受人間袢(pàn)暑(猶溽暑,炎暑)。我醉欲眠伊伴我①,一枕涼生如許。象齒為材,花藤作面,終是無真趣。梅風(夏初梅子黃熟時風)吹溽(rù,濕潤,悶熱),此君直恁(如此)清苦。

須信下榻殷勤,翛(xiāo)然(無拘無束,自在瀟灑)成夢,(二)夢與秋相遇。翠袖佳人(杜甫《佳人》詩:"天寒翠袖薄,日暮倚修竹")來共看,漠漠(廣闊)風煙千畝。蕉葉窗紗,荷花池館,別有留人處。此時歸去,為君聽盡秋雨。

(一) "娟",沈遜齋本作"涓"。鄭文焯云:陸本作"娟",是。

(二) "翛",沈遜齋本作"倏"。鄭文焯云:"倏",陸本作"翛",沈本譌。

眉嫵一名百宜嬌

戲仲遠(即張仲遠,姜夔友人,生平不詳)。

① 《宋書》卷九三《陶潛傳》載:"貴賤造之者,有酒輒設。潛若先醉,便語客:'我醉欲眠,卿可去。'其直率如此。"

看垂楊連苑,杜若(香草名。《楚辭·九歌·湘君》:"采芳洲兮杜若,將以遺兮下女")侵沙,(一)愁損未歸眼。信馬青樓去,重簾下,娉婷(女子嬌美貌)人妙飛燕(漢成帝皇后趙飛燕精習歌舞,體輕似燕,腰骨纖柔能做掌上舞)。翠樓共款,聽艷歌、郎意先感。便攜手、月地雲階裏,愛良夜微暖。

無限風流疏散,有暗藏弓履(即弓鞋,古時女子因纏足腳呈弓形,故其鞋有此名),偷寄香翰(美人所作情書)。明日聞津鼓(古代渡口設置的信號鼓),湘江上、催人還解春纜。亂紅萬點,悵斷魂、煙水遙遠。又爭似相攜,乘一舸,鎮長(久長)見。

(一)"侵",許增云:《歷代詩餘》作"吹"。《詞譜》同。"沙",沈遜齋本作"紗"。鄭文焯云:陸本作"沙"。"沙"、"紗"同,詞中當以"紗"為窗。《周官》"素沙"(見《周禮·天官·內司服》),"沙"同"紗"。杵按:當以"紗"為正,"沙"借為"紗",在周秦古書則然,非所以論於後代詩詞也。

月　下　笛

與客攜壺,梅花過了,夜來風雨。幽禽自語,啄香心,過[①]牆去。春衣都是柔荑(tí,以柔白之茅草嫩芽喻指美人纖手)翦,(一)尚沾惹、殘茸半縷。悵玉鈿(以首飾喻指吹落的梅花)似掃,(二)朱門深閉,再見無路。

凝竚(同"佇"),曾游處,但繫馬垂楊(王維《少年行》:"新豐美酒斗十千,咸陽遊俠多少年。相逢意氣為君飲,繫馬高樓垂柳邊"),認郎

① 按,"過",他本多作"度"。

鸚鵡(劉禹錫《和樂天鸚鵡》有句:“頻學喚人緣性慧,偏能識主為情通”)。揚州夢覺(杜牧《遣懷》:“落魄江湖載酒行,楚腰纖細掌中輕。十年一覺揚州夢,赢得青樓薄倖名”),彩雲飛過何許(李白《宮中行樂詞》有句:“只愁歌舞散,化作彩雲飛”)。多情須倩梁間燕,(三)問吟袖(詩人衣袖,指狎客)、弓腰在否?(四)怎知道、誤了人年少,自恁虛度。

(一)《詩·衛風·碩人》篇:手如柔荑。

(二)“似”,沈遜齋本作“侶”。鄭文焯云:“侶”為“佀”之譌,陸本作“似”。

(三)“間”,沈遜齋本作“上”。張文虎云:趙闻禮[①]《陽春白雪》(詞總集,正集八卷,外集一卷,輯詞六百餘首)本“上”作“間”,與前段“荑”字合。鄭文焯云:“上”字陸本作“间”,是。此字宜平,與上闋同例。

(四)《酉陽雜俎》(唐人段成式撰,為唐代著名筆記小説,集志怪、傳奇、雜錄、瑣聞、考證諸體匯為一編):元和(唐宪宗年號,806-820)初,有上人醉臥廳中,及醒,見古屏上婦人於牀前踏歌曰:“舞袖弓腰渾忘卻,蛾眉空帶九秋霜。”中雙鬟者問曰:“如何是弓腰?”歌者笑曰:“汝不見我作弓腰乎?”乃反首,髻及地,腰勢如規焉。

清　波　引

予久客古沔,滄浪(指漢水)之煙雨,鸚鵡(鸚鵡洲在武昌城外長江

① 趙聞禮,字立之,一字粹夫,號釣月,臨濮(今山東鄄城西南)人。宋理宗、度宗時期江湖詞人,曾任胥口監征,以詩干謁程公許於蜀中。淳祐間客游臨安,與江湖詞人丁默、林表民輩唱和,博雅多識,詩詞兼工,有《釣月集》。

中,漢江夏太守黄祖殺狂士禰衡葬此,又因禰衡曾作《鸚鵡賦》得名)之草樹,頭陀(漢口西北的頭陀寺)、黄鶴之偉觀,郎官[①]、大别(大别山,即今龜山)之幽處,無一日不在心目間。勝友二三,極意吟賞。揭來[②](猶言去)湘浦,歲晚淒然,步繞園梅,摛(chī)筆(謂執筆為文,鋪陳翰藻)以賦。

冷雲迷浦,倩誰喚、玉妃(喻梅花。皮日休《行次野梅》有句:"蔦拂蘿捎一樹梅,玉妃無侶獨裴回")起舞。歲華如許,野[③]梅弄眉嫵(眉目嫵媚)。屐齒印蒼蘚,漸為尋花來去。自隨秋雁南來,望江國,渺何處。

新詩漫與(即興寫詩),好風景長是暗度。故人知否,抱幽恨難語。[(一)]何時共仙[④]艇,莫負滄浪煙雨。況有清夜啼猿,怨人良苦。

(一)"難",許增云:《詞譜》作"誰"。

法曲獻仙音[(一)]俗名大石黄鍾商

張彥功(生平仕宦不詳)官舍在鐵冶嶺(在杭州)上,即昔之教坊使(唐於京都置左右教坊,掌俳優雜技,以宦官為教坊使。五代沿置。宋亦

① 郎官即漢陽東南的郎官湖,李白《泛沔州城南郎官湖》詩序稱:"乾元歲秋八月,白遷於夜郎,遇故人尚書郎張謂出使夏口。沔州牧杜公、漢陽宰王公,觴於江城之南湖,樂天下之再平也。方夜水月如練,清光可掇。張公殊有勝概,四望超然,乃顧白曰:'此湖古來賢豪遊者非一,而枉踐佳景,寂寥無聞。夫子可為我標之嘉名,以傳不朽。'白因舉酒酹水,號之曰'郎官湖',亦由鄭圃之有'僕射陂'也。……"

② 按,"來",原本誤作"去"。

③ 按,原本脱"野"字。

④ 按,"仙",他本多作"漁"。

置教坊使一人,為教坊的主官)宅。高齋下瞰,湖山光景奇絶,予數過之,為賦此。

虛閣籠寒,小簾通月,暮色偏憐高處。樹隔離宫(此指宋孝宗禪位後晚年居住的聚景園,在杭州清波門外),水平馳道(供君王行駛車馬的道路),湖山盡入尊俎(zǔ)(尊,盛酒器;俎,置肉之几。此處代指宴席)。柰楚客,淹留久,砧聲(搗衣声,喻離别。古時婦人搗衣以寄征夫)帶愁去。

屢回顧,過秋風未成歸計,誰念我、重見冷楓紅舞,喚起澹粧人(喻梅花),問逋仙今在何許。(二) 象筆鸞牋(精美紙筆),甚而今、不道秀句。怕生平幽恨,化作沙邊煙雨。

(一) 鄭文焯云:洪陔華(即洪正治)刻本,有《越女鏡心》二解(即《别席毛瑩》、《春晚》二首),他本所無。諦審其語義風格,竝(同"並")近靡曼之音,可決為非道人之作。至其曲體與《獻仙音》相類。南村(即陶宗儀)依宋槧寫校,既無是闋,宋元諸家選本説部,亦不聞有集外軼詞,是洪刻雖多,亦奚以為?

(二) 林逋,錢唐人,字君復,結廬西湖之孤山,二十年足不及城市,仁宗賜謚"和靖先生"。

琵琶仙黄鍾商

《吴都賦》(一)云:"戶藏煙浦,家具畫船",(二)唯吴興為然。春游之盛,西湖未能過也。己酉歲(宋孝宗淳熙十六年,1189),予與蕭時父(蕭德藻子侄輩,生平不詳)載酒南郭,感遇成歌。

雙槳來時,有人似、舊曲桃根桃葉(晉人王獻之有愛妾名桃葉,其妹名桃根,此處為歌女、侍姬的代稱)。歌扇輕約(拍)飛花,蛾眉正奇絕。(三)春漸遠,汀洲自綠,更添了、幾聲啼鴂(jué,杜鵑鳥)。十里揚州,三生杜牧,(四)前事休說。

又還是、官燭分煙,(五)柰愁裏、匆匆換時節。都把一襟芳思,(六)與空階榆筴(韓愈《晚春》有句云:"楊花榆莢無才思,惟解漫天作雪飛")。千萬縷、藏鴉細柳(李商隱《謔柳》有句云:"長時須拂馬,密處少藏鴉"),為玉樽、起舞回雪。想見西出陽關,故人初別。(七)

(一) 顧千里[①]云:此見之李庾[②]《西都賦》《唐文粹》,作"吳都",誤。(見顧廣圻《思適齋集》卷一五《姜白石集跋》)

(二) 鄭文焯云:姚鼎臣[③]《文粹》引賦云:"其近也方塘含春,曲沼澄秋,戶閑煙浦,家藏畫舟。"白石作"藏"、"具"二字,均誤,又失原韻,且移唐之西都於吳,於地理尤謬。

(三) "奇",許增云:舊鈔本作"愁"。

(四) 杜牧《贈別詩》云:娉娉裊裊十三餘,荳蔻梢頭二月初。春風十里揚州路,卷上珠簾總不如。

---

① 顧千里即顧廣圻(1770-1839),字千里,號澗蘋,又號無悶子、一雲散人、思適居士,江蘇元和(今江蘇蘇州)人。不喜為官,平生不事科舉之業,盡通經學、小學之義,精於校讎之學,參與《十三經》、《全唐文》的校勘,為乾嘉間"校讎名家"。工詩,古文詞及駢體文均為時人所稱譽。

② 李庾,字子虔。少擢進士第,唐武宗、唐宣宗之際曾為荊南節度推官、殿中侍御史、分司東都,官至湖南觀察使。李庾存賦僅兩篇,即《西都賦》和《東都賦》。

③ 姚鼎臣當為姚鉉,其曾纂《唐文粹》傳於世,但姚鉉字寶之,同時著名文士徐鉉字鼎臣,故誤稱。

(五)"官",許增云:《歷代詩餘》作"宮",《詞譜》同。唐韓翃(hóng)[①]《寒食》詩云;春城無處不飛花,寒食東風御柳斜。日暮漢宮傳蠟燭,輕煙散入五侯家。

(六)"都",沈遜齋本作"多"。鄭文焯云:陸本作"都",是。

(七)唐王維《送元二使安西》[②]詩云:渭城朝雨浥輕塵,客舍青青柳色新。勸君更盡一杯酒,西出陽關無故人。

玲瓏四犯此曲雙調,世別有大石調一曲(一)

越中(指浙江紹興,時姜夔客居此地)歲暮(宋光宗紹熙四年,1193),聞簫鼓感懷。

疊鼓(指擊鼓聲)夜寒,垂燈(張花燈過年)春淺,匆匆時事如許。倦游歡意少,俛仰(低頭抬頭,形容時間短暫)悲今古。江淹[③]又吟《恨賦》,記當時、送君南浦。(二)萬里乾坤,百年身世,唯有此情苦。

揚州柳垂官路,有輕盈換馬,(三)端正窺戶。[④] 酒醒明

---

① 韓翃,字君平,南陽(今屬河南)人。天寶進士。初為駕部郎中、知制誥,終中書舍人。與盧綸、劉長卿、錢起等稱"大曆十才子"。其詩詞藻華麗,偶有佳作。

② 按,"安西"原本誤作"西安"。

③ 江淹(444-505),字文通。濟陽考城(今河南民權東北)人。歷仕宋、齊、梁三代,官至金紫光祿大夫,封醴陵侯。少孤貧好學,以文辭聞名,晚年才思衰退,時謂"江郎才盡"。事跡詳見《梁書》卷一四《江淹傳》。

④ "輕盈換馬"、"端正窺戶"皆指美女,郭茂倩《樂府詩集·雜曲歌辭十三·愛妾換馬》引《樂府解題》稱:"愛妾換馬,舊説淮南王所作,疑淮南王即劉安也。古辭今不傳。"唐李冗《獨異志》載:"後魏曹彰,性倜儻,偶逢駿馬,愛之,其主所惜也。彰白:'余有美妾可換,唯君所選。'馬主因指一妓,彰遂換之。"故"輕盈換馬"即指體態輕盈的美女。周邦彥《瑞龍吟》:"因念個人癡小,乍窺門戶",故"端正窺戶"代指端莊秀美的女子。

月下,夢逐潮聲去。文章信美知何用?謾(通"漫")贏得、天涯羈旅。教説與,春來要、尋花伴侶。[1]

(一) 沈遜齋本無此小注。鄭文焯云:陸本有小注,沈本脱。又云:案,巾箱本(巾箱為裝頭巾小篋,巾箱本指小開本圖書,意謂可置於巾箱之中)《清真集》是調"穠李[2]夭桃"一闋[3],注大石調,與此體迥異。

(二) 江淹《别賦》:送君南浦,傷如之何。

(三) "換",許增云:汲古閣本作"喚"。

側犯

詠芍藥。

恨春易去,甚春卻向揚州住。微雨,正繭栗(指花蕾如繭如栗)梢頭弄詩句。紅橋二十四(古時揚州名勝,杜牧《寄揚州韓綽判官》有句云:"二十四橋明月夜,玉人何處教吹簫"),(一)總是行雲處(馮延巳《蝶戀花》有句云:"幾日行雲何處去,忘卻歸來,不道春將暮")。無語,漸半脱宫衣,笑相顧。

金壺細葉,千朶(同"朵")圍歌舞。誰念我、鬢成絲(黄庭堅《廣陵早春》有句云:"紅藥梢頭初繭栗,揚州風物鬢成絲"),來此共尊

---

① 按,末句原本斷為"教説與春來,要尋花伴侶","與"、"侣"皆為韻腳,故更易句讀。

② 按,"李",原本誤作"字"。

③ 周邦彦《玲瓏四犯》:"穠李夭桃,是舊日潘郎,親試春豔。自别河陽,長負露房煙臉。憔悴鬢點吴霜,念想夢魂飛亂。歎畫闌玉砌都換。才始有緣重見。　夜深偷展香羅薦。暗窗前、醉眠葱蒨。浮花浪蕊都相識,誰更曾擡眼。休問舊色舊香,但認取、芳心一點。又片時一陣,風雨惡,吹分散。"

俎。後日西園,綠陰無數。寂寞劉郎,自修花譜。(二)

(一) 詳下《揚州慢》。

(二) 劉攽(bān)①《芍藥譜》云:花有紅葉黄腰者,號金帶圍,生則城中當出宰相。韓魏公②守維揚,郡圃芍藥盛開,得金帶圍四,公選客賞之。時王珪③為郡倅(通判的别稱),王安石為幕官(王安石時任淮南節度判官,為幕職官),皆在選中,而缺其一。公謂今有過客,即使當之,及暮報陳太傅升之④來,明日遂開宴,折花插賞,後皆為首相。

水　龍　吟

黄慶長(事跡不詳)夜泛鑑湖(即鏡湖,在浙江紹興),有懷歸之曲,課(要求,囑咐)予和之。

---

① 劉攽(1023-1089),字貢父,號公非,臨江軍新喻(今屬江西)人。慶曆進士,宋仁宗、英宗兩朝歷州縣官二十年。入為國子監直講,遷館閣校勘。熙寧初同知太常禮院,因反對新法出為地方官。元祐時起為中書舍人。精於史學,曾助司馬光修《資治通鑒》,分擔漢代部分。事跡詳見《宋史》卷三一九《劉攽傳》。

② 韓魏公即韓琦(1008-1075),字稚圭,自號贛史,相州安陽(今屬河南)人。宋仁宗天聖進士。元昊起兵,任陝西四路經略安撫招討使,與范仲淹等主持與西夏戰事。旋入朝任樞密副使,參與慶曆新政。新政失敗,出知外州。嘉祐初,入朝為樞密使,三年,拜相。宋神宗時拜司空兼侍中,反對變法,晚年出判永興軍、相州、大名府等地。事跡詳見《宋史》卷三一二《韓琦傳》。

③ 王珪(1019-1085),字禹玉,成都華陽(今四川成都)人。慶曆進士,通判揚州,後召值集賢院,修起居注。神宗熙寧三年(1070),拜參知政事。九年,進同中書門下平章事,集賢殿大學士。自執政至宰相,凡十六年,無所建明,時人稱之為"三旨(取旨、領旨、得旨)相公"。事詳蹟見《宋史》卷三一二《王珪傳》。

④ 陳升之(1011-1179),初名旭,避神宗嫌名,以字行,改字暘叔,建州建陽(今屬福建)人。宋仁宗景祐進士。歷知封州、漢陽軍,知諫院,侍御史知雜事,樞密副使等。神宗熙寧初,同制置三司條例司,與王安石共事。數月,拜相,請免條例司,得罪安石。時人以為升之為人深狡,善附會以取富貴。事跡詳見《宋史》卷三一二《陳升之傳》。

夜深客子移舟處,兩兩沙禽驚起。紅衣(指荷花)入槳,青燈搖浪,微涼意思。把酒臨風,不思歸去,(一)有如此水(指水而誓語,表示歸思急切。晉祖逖"中流擊楫而誓曰:'不能清中原而復濟者,有如此江'")。況茂陵(漢武帝陵墓,其陵邑為當時豪富聚居之地)倦游,(二)長干(古金陵里巷名,古樂府有《長干曲》,李白《長干行》述女子盼夫歸來)望久,芳心事,蕭聲裏。

屈指歸期尚未,鵲南飛、有人應喜(葛洪《西京雜記》稱"乾鵲噪而行人至")。畫闌[①]桂子,留香小待,提攜影底(攜手樹影遊賞)。[②] 我已情多,十年幽夢曾如此。(三)甚謝郎、也恨飄零,解道月明千里。(四)

(一)"歸"上"思"字,許增云:《詞譜》作"忘"。

(二)《史記·司馬相如傳》:司馬相如者,蜀郡成都人也,字長卿。又云:長卿故倦游。又云:相如既病免,家居茂陵。

(三)"略曾",許增云:舊鈔本作"約略"。

(四)《文選》注:沈約[③]《宋書》曰:謝莊,字希逸,陳郡陽夏(jiǎ,今河南太康)人也,年七歲,能屬文。

《文選》謝莊《月賦》云:歌曰:"美人邁兮音塵闕,隔千里兮共明月。臨風歎兮將焉歇?川路長兮不可越。"《南史·謝莊傳》孝武帝

① 按,"闌",原本誤作"蘭"。

② 按,此句原本斷作"畫蘭桂子留香,小待提攜影底"。

③ 沈約(441-513),字休文,南朝吳興武康(今浙江德清)人。仕宋,為尚書度支郎。齊時,甚受倚重,歷官顯要。因擁立梁武帝有功,為尚書僕射,遷尚書令,轉左光祿大夫。擅長詩文,梁武帝永明五年(487)奉命撰《宋書》。事跡詳見《梁書》卷一三《沈約傳》。

(即宋孝武帝劉駿,南朝宋第五位皇帝,在位十一年)問顏延之[①]曰:“謝希逸《月賦》何如?”答曰:“美則美矣,但莊始知(僅僅知道)‘隔千里兮共明月’。”帝召莊以延之之答語之。莊應聲曰:“延之作《秋胡詩》[②]始知‘生為久別離,沒為長不歸’。”帝拊掌(拍手,指愉悅歡樂)竟日。

探春慢

予自孩幼從先人宦於古沔,女須因嫁焉。中去復來幾二十年,豈惟姊弟之愛,沔之父老兒女,亦莫不予愛也。丙午(宋孝宗淳熙十三年,1186)冬,千巖老人約予過苕霅,歲晚乘濤載雪而下,顧念依依,殆不能去。作此曲別鄭次皋、辛克清、姚剛中諸君。[③]

衰草愁煙,亂鴉送日,風沙回旋平野。(一)拂雪金鞭,欺寒茸帽(即絨帽),(二)還記章臺走馬(章臺街為漢長安城繁華之地,多妓館)。(三)誰念漂零久?謾贏得、幽懷難寫。故人清沔相逢,小窗閒[④]共情話。

長恨離多會少,重訪問竹西(指竹西亭,為揚州名勝),珠淚盈把。雁磧(qì,淺水中的沙石)波平,(四)漁汀人散,老去不堪

---

① 顏延之(384-456),字延年,琅邪臨沂(今屬山東)人。少時孤貧,好學博覽。曾為始安太守、永嘉太守,累官至金紫光祿大夫。擅長詩文,與謝靈運、鮑照並稱元嘉三大家。事跡詳見《宋書》卷七三《顏延之傳》。

② 劉向《列女傳》卷五載秋胡之事,略謂秋胡為春秋魯人,婚後五日,游宦於陳,五年乃歸,見路旁美婦採桑,贈金以戲之,婦不納。及還家,母呼其婦出,即採桑者。婦斥其悅路旁婦人,忘母不孝,好色淫佚,憤而投河死。

③ 鄭次皋即鄭仁舉,辛克清即辛泌,姚剛中未詳,三人皆漢陽地方文士,為姜夔早年交遊者。姜夔《白石道人詩集》卷上《以長歌意無極好為老夫聽為韵奉別沔鄂親友》其三為贈鄭次皋,其四為贈辛泌。又《春日書懷四首》其三有句:“平生子姚子,貌古心甚儒。”

④ 按,“閒”,原本誤作“間”。

游冶(出遊尋樂)。無奈苕溪月,又照我、扁舟東下。(五) 甚日歸來,梅花零亂春夜。(六)

(一)“風”,許增云:《歷代詩餘》作“飛”。

(二)“茸”,沈遜齋本作“葺”。鄭文焯云:“葺”當為“茸”之誤,陸本正作“茸”。

(三)《漢書·張敞傳》:走馬章臺街,自以便面拊馬。①

(四)“波”,許增云:《歷代詩餘》作“沙”,舊鈔本同。

(五)“照”,許增云:《歷代詩餘》作“喚”,汲古閣本同。柱按:沈遜齋本亦作“喚”。

(六)“亂”,沈遜齋本作“落”。

八 歸

湘中送胡德華(生平事跡不詳)。

芳蓮墜粉(指蓮子成熟,蓮花脫落),疏桐吹綠,庭院暗雨(夜雨)乍歇。無端抱影消魂處,還見篠(xiǎo) ②牆(竹墻)螢暗,蘚階蛩切(淒切)。送客重尋西去路,問水面、琵琶誰撥?(化用白居易《琵琶行》:“忽聞水上琵琶聲,主人忘歸客不發。尋聲暗問彈者誰?琵琶聲停欲語遲。”)最可惜、一片江山,總付與啼鴂。

長恨相從未款(款洽,盡述友情),而今何事,(一) 又對秋風

---

① 按,《漢書·張敞傳》原文作:“然敞無威儀,時罷朝會,過走馬章臺街,使御吏驅,自以便面拊馬。”顏師古注稱:“便面,所以障面蓋扇之類也,不欲見人,以此自障面則得其便,故曰便面,亦曰屏面。今之沙門所持竹扇,上袤平而下圜,即古之便面也。”

② 按,“篠”,原本誤作“蘇”。

離别。渚寒煙澹,棹移人遠,縹緲行舟如葉。想文君望久,(二)倚竹愁生步羅韈。① 歸來後、翠尊雙飲,下了珠簾,玲瓏閒②看月(李白《玉階怨》有句:"卻下水晶簾,玲瓏望秋月")。

(一)"事",許增云:《絕妙好詞》作"處"。

(二)《史記·司馬相如傳》:卓王孫有女文君,新寡,好音。杜甫云:"茂陵多病後,尚愛卓文君。"(句出杜甫《琴臺》一詩)

解 連 環

玉鞭③重倚,(一)卻沈吟未上,又縈離思。為大喬能撥春風(指彈琵琶,王安石《明妃曲》其二有句:"黄金捍撥春風手,彈看飛鴻勸胡酒"),(二)小喬妙移箏,(三)雁啼秋水。柳怯雲鬆(腰肢柔軟,雲鬢鬆亂),更何必④、十分梳洗。道郎攜羽扇,那日隔簾,半面曾記。⑤

西窗夜涼雨霽,歎幽歡未足,何事輕棄。問後約、空指薔薇(杜甫《留贈》有句:"不用花前空有淚,薔薇花謝即歸來"),算如此溪山,甚時重至?水驛燈昏,又見在、曲屏近底。(四)念唯有、夜來皓月,照伊自睡。

---

① 杜甫《佳人》有句:"天寒翠袖薄,日暮倚修竹",又李白《玉階怨》有句:"玉階生白露,夜久侵羅襪",合"文君望久",皆借指胡德華妻望夫歸來之意。

② 按,"閒",原本誤作"間"。

③ 按,"鞭",他本多作"鞍",當是。

④ 按,"必",原本誤作"心"。

⑤ 《後漢書·應奉傳》載"奉少聰明,自為童兒及長,凡所經履,莫不暗記。讀書五行並下",李賢注引謝承《後漢書》稱:"奉年二十時,嘗詣彭城相袁賀,賀時出行閉門,造車匠於內開扇出半面視奉,奉即委去。後數十年,於路見車匠,識而呼之。"

（一）“鞭”，許增云：《歷代詩餘》作“鞍”，汲古閣本同。

（二）“喬”，沈遜齋本作“橋”，鄭文焯云：此“橋”字自當作“喬”，陸本是。

杜按：杜牧詩：“東風不與周郎便，銅雀春深鎖二喬。”（句出杜牧《赤壁》）“喬”本作“橋”。《吳志·周瑜傳》：橋公兩女，皆國色也。策（即孫策）自納大橋，瑜納小橋。

（三）張文虎云：“移”乃“搊”（chōu，彈撥）字譌。

（四）鄭文焯云：《鶯聲繞紅樓》“近前舞絲絲”，“近”注平。此句“曲屏近底”，“近”字祠堂本亦注平聲，或皆由白石自注。按此句與前闋“十分梳洗”句例同，故“近”字必作平。又疑《疏影》“飛近蛾綠”之“近”字，亦非側用，以玉田《綠意》調證之①，始信。

喜遷鶯慢

功父（即張鎡）新第落成。

玉珂（馬絡頭上的玉制裝飾物）朱組（古人用以系冠、佩玉、佩印之用的紅色絲帶，這裏與玉珂共同借指官職），又占了道人，林下真趣。窗戶新成，青紅猶潤（蘇軾《水調歌頭·黃州快哉亭贈張偓佺》有句：“知君為我新作，窗戶溼青紅”），雙燕為君胥宇。（一）秦淮貴人（指六朝門閥世族）舊宅②，問誰記六朝歌舞？（二）總付與，在柳橋花

① 《疏影》為姜夔自度“仙呂宮”曲，張炎以詠荷葉，改名《綠意》。張炎《綠意·荷葉》全詞為：“碧圓自潔。向淺洲遠浦，亭亭清絕。猶有遺簪，不展秋心，能卷幾多炎熱？鴛鴦密語同傾蓋，且莫與、浣紗人説。恐怨歌、忽斷花風，碎卻翠雲千疊。　回首當年漢舞，怕飛去漫皺，留仙裙摺。戀戀青衫，猶染枯香，還歎鬢絲飄雪。盤心清露如鉛水，又一夜、西風吹折。喜淨看、匹練飛光，倒瀉半湖明月。”

② 按，“舊宅”，他本多作“宅第”。

館,玲瓏深處。

居士(張鎡自號約齋居士)間記取。高臥(隱居不仕)未成,且種松千樹。覛(古同"覓")句堂深,寫經窗靜,他日任聽風雨。列仙更教誰做?(三)一院雙成儔侶。(四)世間住,且休將雞犬,雲中飛去。(五)

(一)《詩·大雅·緜篇》"聿來胥宇",《毛傳》:胥,相也;宇,居也。(孔穎達疏:"自來相土地之可居者")

(二)鄭文焯云:"間"字衍。各本竝(同"並")同。

(三)張文虎云:"列仙更教誰",此與前段"秦淮貴人宅第"句同,而缺一字,或移下句首字"做"輳韻,不知此句本不須韻,文義又不通,而下句仍缺一字,雖宋人亦有六字句者,而與本詞前後又不合。

(四)許增云:舊鈔本無"一院"二字。

《漢武帝內傳》:王母令侍女董雙成吹雲白之笙。項斯[1]《送宮人入道詩》:"願隨仙女董雙成,王母前頭結伴行。"

(五)《列仙傳》(漢魏間文士託名劉向所作):漢淮南王劉安言神仙黃白之事,名為《鴻寶萬畢》三卷,論變化之道,于是八公乃詣王受丹經,及三十六水。俗傳安之臨仙去,遺藥器在庭中,雞犬舐之,皆得飛升。

摸 魚 兒

辛亥(宋光宗紹熙二年,1191)秋期,予寓合肥,小雨初霽,偃臥窗

---

① 項斯,字子遷,台州寧海(今屬浙江)人。性疏曠,好山水,曾築廬隱居於山水間三十餘年。唐武宗會昌四年(844)舉進士,官終丹徒縣尉。工於寫詩,為當時名流如張籍等推重。

下,心事悠然。起與趙君猷(事跡不詳)露坐月飲,戲吟此曲,蓋欲一洗鈿合金釵(鈿合即鈿盒,與金釵同為定情之物)之塵。他日野處①見之,甚為予擊節也。

向秋來、漸疏班扇。(一)雨聲時過金井(井欄上有雕飾的井,一般用以指宮庭園林裏的井)。堂虛已放新涼入,湘竹(湘妃竹)最宜欹(古通"倚")枕。② 閒記省,又還是、斜河(指銀河)舊約(指七夕牛郎、織女相會)今再整。③ 天風夜冷,自織錦人歸(指織女),乘槎(chá)客去(晉人張華《博物志》稱:天河與海通,年年八月有浮槎往來,漢時有人乘槎到天河,遇牛郎),此意有誰領?

空贏得今古三星炯炯,(二)銀波相望千頃。柳州(柳宗元曾貶官柳州刺史,卒於任上,世稱柳柳州)老矣猶兒戲,瓜果為伊三請。④(三)雲路迥,謾説道、年年野鵲曾竝(同"並")影(指喜鵲架橋)。無人與問,但濁酒相呼,疏簾自捲,微月照清飲。(四)

(一) 班婕好(漢成帝嬪妃,因趙飛燕失寵)怨詩云:"新裂齊紈素,皎潔如霜雪"。⑤

---

① 野處即洪邁(1123-1202),字景盧,號容齋,別號野處翁,饒州鄱陽(今屬江西)人。宋高宗紹興進士,曾任知州、中書舍人兼侍讀、直學士院、端明殿學士等職,歷仕高、孝、光、寧四朝。博極群書,學識淵博,文備眾體,精熟史實,曾撰《欽宗實錄》、《四朝國史》及《容齋隨筆》,博采古今異事為《夷堅志》,又有詩文集《野處猥稿》。事跡詳見《宋史》卷三七三《洪邁傳》。

② 按,原本斷作"堂虛已放新涼,入湘竹最宜欹枕"。

③ 按,原本斷作"閒記省,又還是斜河舊約,今再整"。

④ 按,原本斷作"柳州老矣,猶兒戲瓜果為伊三請"。

⑤ 此詩名《怨歌行》,全詩為:"新制齊紈素,皎潔如霜雪。裁作合歡扇,團圓似明月。出入君懷袖,動搖微風發。常恐秋節至,涼意奪炎熱。棄捐篋笥中,恩情中道絕。"

(二) 鄭文焯云:三星見"跂(qí)彼織女"詩疏。[1] 唐竇常[2]《七夕詩》"露槃花水望三星",夢窗詞亦用之,戈順卿[3]選本以意改作雙星,淺妄已甚。

(三) 柳宗元有《乞巧文》。

(四) "飲",許增云:舊鈔本作"影"。

---

① "跂彼織女",句出《詩·小雅·大東》,詩中提及織女、牽牛二宿。"跂"同"歧",分叉狀。織女為三星組成,呈三角形。

② 竇常(746-825),字中行,京兆金城(今陝西興平)人。唐代宗大曆十四年(779)進士,為鹽鐵小吏十年,後卜居揚州柳楊數載,貞元末始為淮南節度參謀,元和中入為侍御史,轉水部員外郎,又出為朗、夔、江、撫四州刺史,終以國子祭酒致仕。與弟牟、群、庠、鞏齊名。事跡詳見《舊唐書》卷一五五《竇常傳》。

③ 戈順卿即戈載,字弢甫,又字寶士,號順卿,清代江蘇吳縣(今江蘇蘇州)人。諸生,曾任國子監典籍。工詞,考韻辨律,尤極精當,著有《翠薇花館詩》、《翠薇花館詞》、《詞林正韻》。編有《詞律訂》、《詞律補》、《樂府正聲》、《續絕妙好詞》、《宋七家詞選》等。

卷六(白石道人詞)

自　度　曲(一)

(一) 各本作自製曲,今依沈遜齋本作自度曲。

揚州慢中品宮(一)

淳熙丙申(宋孝宗淳熙三年,1176)至日(冬至日),余(二)過維揚(揚州別稱),夜雪初霽,薺麥(薺菜和野麥)彌望。入其城則四顧蕭條,寒水自碧。暮色漸起,戍角(軍營中的號角聲)悲吟。予懷愴然,感慨今昔,(三)因自度此曲。千巖老人以為有"黍離"①之悲也。(四)

淮左②名都,竹西(竹西亭)佳處,(五)解鞍少駐初程。過春風十里(見前注所引杜牧《贈別》),盡薺麥青青。自胡馬、窺江去後,廢池喬木,猶厭言兵。漸黃昏、清角吹寒,都在空城。③(六)

杜郎俊賞(俊逸清賞),算而今、重到須驚。縱荳蔻詞

---

① 《詩經·王風》有《黍離》篇,周平王東遷後,有周人經犬戎焚掠後的西周故都,見宗廟毁壞,長滿野麥,故感懷賦詩。

② 淮左指揚州。宋朝設有淮南東路、淮南西路,揚州為淮南東路的首府,故稱淮左名都。又,古人方位以面南而定,東為左,西為右。按,"左",原本誤作"右"。

③ 按,此句原本斷作"漸黃昏清角,吹寒都在空城"。

工,(七)青樓夢好,(八)難賦深情。二十四橋仍在,(九)波心蕩、冷月無聲。念橋邊紅藥(芍藥),(十)年年知為誰生?

(一) 鄭文焯云:攷中呂宮調,即夾鍾宮,管色應用上尺工凡凡下合四一一下起調用一字,寄煞可即夾鍾清聲。

(二) 杜按:《詞苑萃編》引無"余"字。

(三) 杜按:《詞苑萃編》引無"今昔"二字。

(四) 鄭文焯云:紹興三十年(1260),完顏亮①南寇江淮,軍敗,中外震駭。亮尋為其臣下殺於瓜洲(在今江蘇揚州邗江區,古時為長江重要渡口)②。此詞作於淳熙三年(1176),寇平已十有六年,而景物蕭條,依然廢池喬木之感。此與《淒涼犯》當同屬江淮亂後之作。(宋高宗建炎三年,1129,金軍南下,亦劫掠揚州)

(五) 杜牧《揚州禪智寺》詩云:"誰知竹西路,歌吹是揚州。"

(六) "空",沈遜齋本作"江"。鄭文焯云:陸本作"空城",當據訂。

(七) 詳上《琵琶仙》。

(八) 杜牧《遣懷詩》:"落魄江南載酒行,楚腰腸斷掌中輕。十年一覺揚州夢,贏得青樓薄倖名。"

(九) 杜牧《寄揚州韓綽判官》詩:"青山隱隱水迢迢,秋盡江南草木凋。二十四橋明月夜,玉人何處教吹簫?"《一統志》(即《大明一統志》):"揚州二十四橋,在府城,隋置,竝(同"並")以城門坊市為名。後韓令坤(後周、宋初名將,周世宗時奉命攻南唐,破揚州,撫緝民

---

① 完顏亮即金廢帝,字元功,本名迪古乃,金太祖孫,1149-1161年在位。熙宗時任丞相。皇統九年(1149)殺熙宗自立。在位期間推行漢制,加強集權,又遷都燕京(今北京)。1161年,強征各族大舉攻宋,其軍於采石被宋軍擊敗,不久在瓜洲被部將所弒。金世宗追貶其為海陵郡王、海陵庶人。

② 按,"洲",原本誤作"州"。

戶,修築新城)築州城,別立橋梁,所謂二十四橋者莫考矣。"

(十) 鄭文焯"角"、"藥"兩字考音云:案此曲近人和者,多於兩煞拍失其音節,當於入聲字處為逗,旁譜可證。自樂句無傳,字律因之以意出入,古節日墜,詞烏得工? 曩校姜詞,嘗於此三致意焉。審此兩字旁譜,乃上字住,而管色應指字譜為打字也。見玉田(即張炎)《詞源》,及白石詞旁譜曼曲,恆有之。所謂打前拍打後拍,皆在大頓小住之間,七敲八指之次,如此曲當於"角"、"藥"兩頓,故竝(同"並")宜用入聲字也。世有審音知微者,願舉以一商榷之。

長亭怨慢中呂宮

予頗喜自製曲,初率意為長短句,然後協以律,故前後闋多不同。桓大司馬①云:"昔年種柳,依依(輕柔貌)漢南;今看搖落,悽愴江潭;樹猶如此,人何以堪?"②此語予深愛之。

漸吹盡、枝頭香絮,是處人家,綠深門戶。遠浦縈回(蜿蜒曲折),暮帆零亂向何許(何處)。(一) 閱人多矣,誰得似長亭(古時驛道旁供人休息送別之處)樹? 樹若有情時,不會得、青青如此。(二)

日暮,望高城不見,只見亂山無數。韋郎去也,(三) 怎

---

① 桓大司馬即桓溫(312-373),字元子,譙國龍亢(今安徽懷遠西)人,晉明帝婿。永和元年(345),任荊州刺史,繼庾氏握長江上游兵權。永和三年滅成漢,十二年收復洛陽。太和四年(369年)攻前燕無功。太和六年廢海西公,改立簡文帝,以大司馬專朝政,死後由弟沖繼任。事跡詳見《晉書》卷九十八《桓溫傳》。

② 語出庾信《枯樹賦》。劉義慶《世說新語·言語》載:"桓公北征,經金城,見前為琅邪時種柳,皆已十圍,慨然曰:'木猶如此,人何以堪?'攀枝執條,泫然流淚。"

忘得、玉環分付？第一是、早早歸來，怕紅萼、無人為主。算只有并刀(并州出產的刀剪，并州即今山西太原一帶，唐代以製造鋒利刀剪著稱)，(四)難翦離愁千縷。

(一)“許”，許增云：《歷代詩餘》作“處”，《詞譜》同。

(二)“此”，許增云：《歷代詩餘》作“許”，《詞譜》同。

(三)《雲溪友議》(唐范攄撰)云：韋臯(gāo)[①]游江夏(今湖北武漢)，與青衣玉簫有情，約七年再會，留玉指環。八年不至，玉簫絕食而沒，後得一歌姬，真如玉簫，中指肉隱出如玉環。

(四)“只”，沈遜齋本作“空”。鄭文焯云：“空”字當是宋刻舊文，義亦較長。又云：案集中《江梅引》亦作“算空有”。是其習用者。

杜甫詩云：“安得并州快翦刀。”(句出杜甫《戲題王宰畫山水圖歌》，按，此句原作“焉得并州快剪刀”)

澹黃柳正平調近

客居合肥南城赤欄橋之西[②]，巷陌淒涼，與江左(江南)異，唯柳色夾道，依依可憐，因度此闋，以紓(寬解)客懷。

空城曉角，(一)吹入垂楊陌。馬上單衣寒惻惻(寒冷貌)。看盡鵝黃嫩綠(代指柳樹枝葉)，都是江南舊相識。

---

① 韋臯(746-805)，字城武，京兆萬年(今陝西西安)人。大曆初為華州參軍。貞元初，屢遷至劍南西川節度使，鎮蜀二十一年，以禦吐蕃功進至檢校司徒、中書令，封南康郡王。事跡詳見《舊唐書》卷一四〇《韋臯傳》。

② 當是宋光宗紹熙二年(1191)，姜夔《送范仲訥往合肥三首》其二詩云：“我家曾住赤欄橋，鄰里相過不寂寥。君若到時秋已半，西風門巷柳蕭蕭。”

正岑寂(寂寞,孤獨冷清),明朝又寒食。強攜酒,小喬宅。(二)怕梨花落盡成秋色。(三)燕燕飛來,(四)問春何在,唯有池塘自碧。

(一)"曉",許增云:《詞譜》作"晝"。

(二)"喬",沈遜齋本作"橋"。鄭文焯云:陸本作"喬",非是。此所謂"小橋"者,即題敘所云赤闌橋之西客居處也,故云"小橋宅"。若作"小喬"則不得其解已。《絕妙好詞》亦作"橋",可證。①

(三)鄭文焯云:長吉(李賀,字長吉)有"梨花落盡成秋苑"之句(句出李賀《河南府試十二月樂詞・三月》),白石正用以入詞,而改一"色"字協韻。當時如清真(即周邦彥)、方回②多取賀詩雋句為字面。又云:案草窗(即周密)《絕妙好詞選》是解"色"字均竝(同"並")與宋本同。而王碧山(即王沂孫)作此句不協③,誦之便落韻矣。又見姜集別本作"秋苑",此因唐人詩句而誤,不足徵也。

(四)"燕燕",許增云:舊鈔本作"燕子"。

石湖仙越調

壽石湖居士(即范成大)。

① 按,今人夏承燾認為姜夔合肥情遇為姐妹兩人,即《解連環》詞中提及"為大喬能撥春風,小喬妙移箏",姜夔借三國時大喬、小喬姐妹指自己所遇合肥美人。

② 方回即賀鑄(1052-1125),字方回,號慶湖遺老,衛州(今河南汲縣)人。宋太祖賀皇后五代族孫,所娶亦宗室之女。熙寧中以恩授右班殿直,監軍器庫門。曾任泗州、太平州通判等職,晚年退居蘇、常。其詞善於錘煉字句,有詞集《東山詞》,詩集《慶湖遺老集》。事跡詳見《宋史》卷四四二《文苑五・賀鑄傳》。

③ 王沂孫《澹黃柳》:"花邊短笛,初結孤山約。雨悄風輕寒漠漠。翠鏡秦鬟釵別,同折幽芳怨搖落。　素裳薄,重拈舊紅萼。歎攜手,轉離索。料青禽、一夢春無幾。後夜相思,素蟾低照,誰掃花陰共酌。"

松江(即吳淞江,亦稱蘇州河)煙浦,是千古三高[①],游衍(縱情遊樂)佳處。須信石湖仙,似鴟(chī)夷翩然引去。[(一)]浮雲(《論語·述而》:“不義而富且貴,於我如浮雲”)安在?我自愛綠香紅舞。容與。看世間幾度今古。

盧溝舊曾駐馬[②],為黄花閒吟秀句(范成大《燕賓館》詩云:“九日朝天種落驢,也將佳節勸杯盤。苦寒不似東籬下,雪滿西山把菊看”)。見説胡兒,也學綸(guān)巾欹羽。[(二)]玉友金蕉,[(三)]玉人金縷,[(四)]緩移筝柱。聞好語,明年定槐府(周代朝廷前植槐樹,定三公之位,後稱三公之位為槐庭、槐府)。

(一)“似”,許增云:汲古閣本作“侶”,舊鈔本同。

《史記·越王句踐世家》:范蠡浮海出齊,變姓名,自謂鴟夷子皮。

鄭文焯云:《齊東野語》(宋人周密撰)云:周益公[③]於乾道壬辰(即宋孝宗乾道八年,1172)上巳[④],以春官去國(《周禮》六官,稱宗伯為春官,掌典禮,後世即用為禮部的代稱。時周必大以權禮部侍郎知建寧府),過吳,范公招飲園中,夜分題壁云:“吳臺越壘,距門才十里,而陸沈

---

① “三高”指蘇州祭祀越國范蠡、晉代張翰、唐代陸龜蒙的三高祠,姜夔有《三高祠》詩云:“越國霸來頭已白,洛京歸後夢猶驚。沈思只羨天隨子,蓑笠寒江過一生。”

② “盧溝”指今北京西南的盧溝橋,范成大曾出使金國,時金中都即今北京。范成大有《盧溝》詩云:“草草魚梁枕水低,匆匆小駐濯漣漪。河邊服匿多生口,長記軺車放鴈時。”

③ 周益公即周必大(1126-1204),字子充,吉州廬陵(今江西吉安)人。紹興二十年(1150)進士,累官參知政事、樞密使,淳熙十四年(1187)拜右丞相,進左丞相。光宗時,拜少保,封益國公。歷仕四朝,以直諫稱。韓侂胄立僞學之名,被指為罪首。著書八十一種,詩、詞、文俱佳。事跡詳見《宋史》卷三九一《周必大傳》。

④ 漢以前以農曆三月上旬巳日為“上巳”,魏晉以後,定為三月三日,不必取巳日。《後漢書·禮儀志上》:“是月上巳,官民皆絜於東流水上,曰洗濯祓除去宿垢疢為大絜。”

(陸地無水而沉,比喻埋沒,不為人知)於荒煙蔓艸(同"草")者,千七百年,紫微舍人(唐宋中書舍人的別稱,指范成大)始創別墅,登臨得要,甲於東南。豈鴟夷子成功於此,扁舟去之,天閟(bì)(古同"閉",隱匿)絕景,留之賢者,然後享其樂邪?"此白石以鴟夷喻范功成身退之微旨,非亡本也。

(二)《晉書·謝萬傳》:萬早有時譽,簡文帝作相,召為撫軍從事中郎,著白綸巾,鶴氅(chǎng)裘(用鶴羽毛縫製成的裘),履版(穿著木屐)而前。既見,與帝共談移日。

"羽",沈遜齋本作"雨"。鄭文焯云:陸刻"雨"誤"羽"。戈選又改"胡"為"吳",繆甚。考《石湖集》有《靈溝》、《燕賓館》二詩,自注:對菊酌酒。故有"雪滿西山把菊看"之句。又有《蹋[1]鴟巾》一首,注:"接送伴[2]田彥皐,愛予巾裹,求其樣,指所戴蹋鴟有愧色。"[3]故有句云:"雨中折角君何愛?"蓋用郭林宗[4]折角墊雨故事(《後漢書·郭太傳》:嘗于陳、梁間行遇雨,巾一角墊,時人乃故折巾一角,以為"林宗巾")。白石詞即承用石湖詩意,後有詩悼石湖云"尚留巾墊角,胡虜有知音"(句出《悼石湖三首》其一),正可為此詞佳證。戈順卿(即戈載)、陸淳川(即陸鍾輝)輩乃疏闇至此,可謂胸馳臆斷矣。

---

① 按,"蹋",原文誤作"踏"。

② 宋金之間互有使臣往來,在對方使節進入己方疆域時,朝廷派去迎接的官員,稱接伴使;至京城下榻館驛,朝廷另派官員相伴,稱館伴使;返回時,又有送伴使,常由原接伴使擔任。

③ 此句原作"接送伴田彥皐,受予巾裹,求其樣指所載,踏鴟有愧色。"句讀、文字錯訛過多,難曉其意。

④ 郭林宗即郭泰(128-169),又作郭太,字林宗,太原介休(今山西介休東南)人。師事成皋屈伯彥,博通典籍。游於洛陽,為太學生首領,與李膺等友善,名震京師。歸鄉里後,屢拒徵召。雖好褒貶人物,然不為危言駭論,故得免於黨錮之禍,閉門教授,弟子數千。事跡詳見《後漢書》卷六八《郭太傳》。

(三) 高憲[①]《焚香詩》:“正要金蕉引睡,不妨玉隴知音。”

(四) 杜牧《杜秋娘》詩:“秋持玉斝(jiǎ,酒器,圓口,三足)醉,與唱金縷衣”,注:“勸君莫惜金縷衣,勸君須惜少年時。花開堪折直須折,莫待無花空折枝。”李錡常[②]唱此辭。

暗香(一)仙呂宮(二)

辛亥(宋光宗紹熙二年,1191)之冬,予載雪詣石湖。止既月(停留滿一月),(三)授簡索句,且徵新聲(請創作新調),作此兩曲。石湖把玩不已,使工妓隸習之,(四)音節諧婉,乃名之曰《暗香》、《疏影》。(用林逋《山園小梅》:“疏影橫斜水清淺,暗香浮動月黃昏”詩意)

舊時月色,算幾番照我,梅邊吹笛。喚起玉人,(五)不管輕寒與攀摘。(六)何遜[③]而今漸老,(七)都忘卻、春風詞筆。但怪得、竹外疏花,香冷入瑤席(精美坐席)。

江國(概指江南水鄉),正寂寞[④]。歎寄與路遙[⑤],夜雪初積。翠樽(本為酒杯,代指酒)易泣,(八)紅萼(指梅花)無言耿(耿耿於心,不能相忘)相憶,長記曾攜手處,千樹壓、西湖寒碧。

---

① 高憲,字仲常,遼東(今遼寧遼陽)人,王庭筠甥,金代詩人。幼學於外家,故詩筆字畫,有舅氏之風。泰和三年(1203)進士,為博州防禦判官。衛紹王崇慶元年(1212)蒙古軍破東京(今遼寧遼陽),死於兵間。

② 按,“常”,原本作“長”,依文意當爲“常”。

③ 何遜,字仲言,東海郯縣(今山東郯城北)人。八歲能賦詩,弱冠州舉秀才。梁武帝天監中,起家奉朝請,歷建安王水曹行參軍兼記室、安成王參軍事兼尚書水部郎、廬陵王記室。其文與劉孝綽並稱“何劉”。事跡詳見《梁書》卷四九《何遜傳》。

④ 按,“寞”,他本多作“寂”。

⑤ 《太平御覽》卷一九載:“陸凱與范曄為友,在江南寄梅花一枝詣長安與曄,並贈詩云:折梅逢驛使,寄與隴頭人。江南無所有,聊贈一枝春。”

又片片吹盡也，幾時見得。

（一）張炎云：《疏影》、《暗香》，姜白石為梅著語，因易之為《紅情》、《綠意》，以荷花、荷[1]葉詠之。[2]

張惠言云：題曰《石湖詠梅》，此為石湖作也。時石湖蓋有隱遯(dùn)(同"遁")之志，故作此二詞以沮之。白石《石湖仙》云："須信石湖仙，似鴟夷飄然引去。"末云："聞好語，明年定在槐府"。此與同意。

又云：首章言己嘗有用世之志，今老無能，但望之石湖也。

鄭文焯云：案此二曲為千古詞人詠某絕調，以託喻遙深，自成馨逸。其《暗香》一解凡三字句逗，皆為夾協。夢窗墨守綦嚴。但近世知者蓋寡，用特著之。

（二）鄭文焯云：仙呂宮，即夷則宮起調本律下工。

（三）杜按：《詞苑萃編》引作"既止月"。

（四）"工"，許增云：舊鈔本作"二"。

"隸"，許增云：舊鈔本作"肄"。

鄭文焯云：案"隸"當為"肄"之譌，"隸"字則無解，宜據《硯北雜志》(元陸友仁撰)訂正"工"、"隸"二字之誤。

（五）鄭文焯云：詞中"玉"、"雪"二字竝(同"並")宜作平之字為合律。

（六）"摘"，許增云：別本作"折"，吳穀次韻亦用"折"。

---

① 按，"荷"，原本誤作"花"。

② 此語為張炎《紅情》一詞小序，全詞為："無邊香色。記涉江自采，錦機雲密。翦翦紅衣，學舞波心舊曾識。一見依然似語，流水遠、幾回空憶。看亭亭、倒影窺妝，玉潤露痕濕。　閑立，翠屏側。愛向人弄芳，背酣斜日。料應太液。三十六宮土花碧。清與淩風更爽，無數滿汀洲如昔。泛片葉、煙浪裡，臥橫紫笛。"《綠意・荷葉》前注已引，不贅。

(七) 何遜,字仲言,有《詠早梅》詩①。杜甫詩云:“東閣觀梅動詩興,還如何遜在揚州。”(句出杜甫《和裴迪登蜀州東亭送客逢早梅相憶見寄》)

(八) 鄭文焯云:“泣”字均(古同“韻”),《絕妙好詞》本作“竭”,當據宋本訂正。

疏　影(一)

苔枝綴玉,有翠禽小小,枝上同宿。② 客裏相逢,籬角黄昏,無言自倚修竹。(杜甫《佳人》有句:“天寒翠袖薄,日暮倚修竹”)昭君不慣胡沙遠,(二) 但暗憶、江南江北。想珮環、月夜歸來,(三) 化作此花幽獨。

猶記深宫舊事,那人正睡裏,飛近蛾綠。③ 莫似春風,不管盈盈,早與安排金屋。④ 還教一片隨波去,又卻怨、玉龍哀曲。(四) 等恁時(到那時)、再覓幽香,(五) 已入小窗横幅(横掛的畫幅)。

---

① 何遜《詠早梅》全詩為:“兔園標物序,驚時最是梅。銜霜當路發,映雪擬寒開。枝横卻月觀,花繞凌風臺。朝灑長門泣,夕駐臨邛杯。應知早飄落,故逐上春來。”

② 曾慥《類説》引《異人錄》:“隋開皇中,趙師雄至羅浮。一日,天寒日暮,於松陵間酒肆旁舍,見美人淡粧素服出迎。時已昏黑,殘雪未消,月色微明。師雄與語,言極清麗,芳香襲人,因與之扣酒家門共飲。少頃,一綠衣童來,笑歌戲舞。師雄醉寢,但覺相襲。久之,東方已白。起視,乃在大梅花樹下,上有翠羽啾嘈相顧。月落參横,但惆悵而已。”

③ 《太平御覽》卷三〇載:“宋武帝女壽陽公主,人日卧於含章殿簷下,梅花落公主額上,成五出花。拂之不去,皇后留之看得幾時,經三日洗之乃落。宫女奇其異,競效之,今梅花粧是也。”

④ 《漢武故事》載:“(漢武帝)數歲,公主(漢景帝姊館陶公主)抱置膝上,問曰:‘兒欲得婦否?’長主指左右長御百餘人,皆云不用。指其女阿嬌好否,笑對曰:‘好!若得阿嬌作婦,當作金屋貯之。’”按,此句原本斷作“莫似春風不管,盈盈早與安排金屋”。

（一）張惠言云：此章更以二帝（指靖康之變金人俘徽宗、欽宗二帝北上）之憤發之，故有昭君之句。

蔣敦復[①]云：詞原於詩，雖小小詠物，亦貴得風人比興之旨（指運用《詩經》的比、興表現手法。比者，以彼物比此物；興者，先言他物以引起所詠之詞）。唐五代北宋人詞，不甚詠物。南渡諸公有之，皆有寄託。白石石湖詠梅，暗指南北議和事，及碧山、草牕（同"窗"）、玉潛（即唐玨，字玉潛，號菊山，會稽山陰人。家貧，授徒以束脩奉母）、仁近[②]諸遺民《樂府補題》[③]中，龍涎香、白蓮、蓴（chún，同"蒓"）、蟹、蟬諸詠，皆寓其家國無窮之感，非區區賦物而已。知乎此，則《齊天樂》詠蟬，《摸魚兒》詠蓴，皆可不續貂。

鄭文焯云：此蓋傷心二帝蒙塵，諸后妃相從北轅，淪落胡地，故以昭君託喻，發言哀斷。攷唐王建[④]塞上詠某[⑤]詩曰："天山路旁一株梅，年年花發黄雲下。昭君已沒漢使回，前後征人誰繫馬？"白石詞意當本此。近世讀者多以意疏解，或有嫌其舉典儗不於倫者，殆不自知其淺闇矣。詞中數語，純從少陵詠明妃詩（指杜甫《詠懷古

---

① 蔣敦復（1808－1867），字劍人，又字純父、克父，法名鐵岸、妙塵，號鐵脊生、曇隱大師，江蘇寶山（今上海）人。諸生，屢應郡縣試不利，遂出遊南北，曾避禍入月浦淨信寺為僧。晚年寓居上海，著有《嘯古堂詩文集》、《芬陀利室詞》，詩詞峻厲風發。

② 仁近即仇遠，字仁近，一字仁父，自號山村民，錢塘（今浙江杭州）人。宋末，以詩名與白珽並稱為"仇白"。元初隱居於錢塘，元大德九年（1305）為溧陽儒學教授，以杭州路知事致仕。其人博雅多藝，兼工書畫詩詞，元代詩家詞客張翥、張羽等皆出其門。

③ 《樂府補題》，南宋遺民陳恕可輯。元初江南釋道總統西藏僧人楊璉真伽挖掘高宗、理宗等六陵，盜取隨葬珍寶。事後，王沂孫、周密、王易簡、馮應瑞、唐藝孫、呂同老、李彭老、李居仁、趙汝鈉、張炎、陳恕可、唐玨、仇遠等十四家會於紹興，以龍涎香、蓴（chún，同"蒓"）、蟹、蟬、白蓮等五物分題賦詞，作者皆懷遺民之慟，托物寄情，以志其家國淪亡之悲。全書共三十七首，其中《天香》賦龍涎香八首，《水龍吟》賦白蓮十首，《摸魚兒》賦蓴五首，《齊天樂》賦蟬十首，《桂枝香》賦蟹四首。按，"題"原本誤作"遺"。

④ 王建，字仲初，潁川（今河南許昌）人。唐代宗大曆年間進士，曾任縣丞、侍御史等職，晚年任陝州司馬，又曾從軍塞上。其詩以樂府見長，與張籍齊名，世稱"張王"。

⑤ 按，"某"，疑當作"梅"。

跡》其三)義檃括(就原有的文章、著作加以剪裁、改寫),出以清健之筆,如聞空中笙鶴,飄飄欲仙。覺草窗、碧山所作,《弔雪香亭梅》[①]諸詞,皆人間語,視此如隔一塵。宜當時傳播吟口,為千古絕唱也。至下闋藉《宋書》壽陽公主故事引申前意,寄情遙遠,所謂怨深文綺,得風人溫厚之旨矣。

(二)《西京雜記》(晉葛洪撰):元帝後宮既多,乃使畫工圖形,按圖召幸之。諸宮人皆賂畫工,獨王嬙不肯。匈奴求美人為閼(yān)氏(zhī,漢代匈奴單于、諸王妻的統稱),上按圖以昭君行。及召見,貌為後宮第一。石崇《王明君辭》(原作為五言詩,此處所引為其詩序):王明君者,本是王昭君,以觸文帝(晉文帝司馬昭)諱改之。昔公主嫁烏孫[②],令琵琶馬上作樂,以慰其道路之思,其送明君亦必爾也。

"胡",許增云:《歷代詩餘》作"龍",《詞譜》同。

(三)杜甫《詠懷古跡》詩:羣山萬壑赴荊門,生長明妃尚有村。一去紫臺連朔漠,獨留青塚向黃昏。畫圖省識春風面,環珮空歸夜月魂。千載琵琶作胡語,分明怨恨曲中論。

"夜",許增云:舊鈔本作"下"。

(四)羅隱[③]詩:"玉龍無跡[④]渡頭寒。"(句出羅隱《偶懷》)玉龍,

---

① 周密《法曲獻仙音·弔雪香亭梅》:"松雪飄寒,嶺雲吹凍,紅破數椒春淺。襯舞臺荒,浣妝池冷,淒涼市朝輕換。歎花與人凋謝,依依歲華晚。　　共淒黯。問東風、幾番吹夢?應慣識當年,翠屏金輦。一片古今愁,但廢綠、平煙空遠。無語消魂,對斜陽、衰草淚滿。又西泠殘笛,低送數聲春怨。"

② 漢時西域國名,在今新疆伊犁河流域。漢武帝曾以江都王劉建女為江都公生,以楚王劉戊孫女為解憂公主,先後嫁烏孫昆彌王。

③ 羅隱(833-909),原名橫,字昭諫,余杭(今浙江余杭)人。年少即負時名,以譏刺觸怒權貴,十次應舉皆不第,遂改名"隱"。後因避亂返歸鄉里,任錢塘令。唐亡後,投吳越王錢鏐,官至諫議大夫。所作詩多用口語,流傳甚廣,散文小品筆鋒犀利,多憤懣諷刺。

④ 按,"跡",原本誤作"主"。

笛也。

(五)“再”,許增云:《詞律》(清萬樹撰)作“重”,《詞潔》同。

惜紅衣無射宫

吴興號水晶宫[①],荷花盛麗。陳簡齋(即陳與義)云:“今年何以報君恩,一路荷花相送到青墩。”(句出陳與義《虞美人·扁舟三日秋塘路》,按,原詞“荷”作“繁”)亦可見矣。丁未(宋孝宗淳熙十四年,1187)之夏,予遊千巖(即弁山,在湖州),數往來紅香中,自度此曲,以無射宫(即黄鐘宫)歌之。

簟(竹席)枕邀涼,(一)琴書換日,(二)睡餘無力。細灑冰泉,并刀破甘碧。牆頭喚[②]酒(杜甫《夏日李公見訪》有句云:“隔屋喚西家,借問有酒不?牆頭過濁醪,展席俯長流”),誰問訊、城南詩客?岑寂(寂寞,孤獨冷清)。高樹晚蟬,説西風消息。

虹梁(橋樑)水陌,魚浪吹香,紅衣半狼藉。維舟試望故國,眇天北。(三)可惜柳邊沙外,(四)不共美人游歷。問甚時同賦,三十六陂秋色。(五)

(一)“簟枕”,許增云:《詞譜》作“枕簟”。

(二)鄭文焯云:考旁譜“日”字塙當叶,與美成《解連環》

① 宋人吴曾《能改齋漫録》卷九載:“楊漢公(濮)守湖州,賦詩云:‘溪上玉樓樓上月,清光合作水晶宫。’其後遂以湖州為水晶宫。”

② 按,“喚”,原本誤作“換”。

“絕”字同律①,夢窗贈石帚之作②,於此字亦守之。或云:譜無對起,次句叶韻之例。則舉所習見之《踏莎行》為證。又句中韻為夾協,如是調“客”、“國”二韻是。夢窗正合。近世作者,萬氏《詞律》謂從下二字方斷句,則繆甚。但宋人已有誤會句投者。以詞人不必皆深於樂紀也。至求之深者,疑下闋之“惜”字,末句之“十”字,竝(同“並”)為夾協。強作解事,抑亦傎(diān,古同”顛“)矣。

(三)“眇”,許增云:舊鈔本作“渺”。

(四)“柳”,許增云:《詞潔》作“渚”,汲古閣本同。

(五)王安石詩:“三十六陂春③水,白頭相見江南”。(句出王安石《題西太一宮壁》④)

角招黃鍾角(一)

甲寅(宋光宗紹熙五年,1194)春,予與俞商卿(即俞灝)燕游西湖,觀梅於孤山之西邨,玉雪照映,吹香薄人。(二)已而商卿歸吳興,予獨來,則山橫春煙,新柳被水,游人容與飛花中,悵然有懷,作此寄之。商卿善歌聲,稍以儒雅緣飾。予每自度曲,吟洞簫,(三)商卿輒歌而和之,極有山林縹緲之思。今予離憂,商卿一行(猶言一去,俞

---

① 周邦彥《解連環》:“怨懷無托。嗟情人斷絕,信音遼邈。縱妙手、能解連環,似風散雨收,霧輕雲薄。燕子樓空,暗塵鎖、一床弦索。想移根換葉,盡是舊時,手種紅藥。　汀洲漸生杜若。料舟移岸曲,人在天角。謾記得、當日音書,把閑語閑言,待總燒卻。水驛春回,望寄我、江南梅萼。拚今生,對花對酒,為伊淚落。”

② 吳文英《齊天樂·贈姜石帚》:“餘香才潤鸞綃汗,秋風夜來先起。霧鎖林深,藍浮野闊,一笛漁蓑鷗外。紅塵萬里。就中決銀河,冷涵空翠。岸幘沙平,水楊陰下晚初艤。　桃溪人住最久,浪吟誰得到,蘭蕙疏綺。硯色寒雲,籤聲亂葉,蘄竹紗紋如水。笙歌醉裏。步明月丁東,靜傳環佩。更展芳塘,種花招燕子。”按,“帚”,原本誤作“帶”。

③ 按,“春”,原本誤作“煙”。

④ 按,“西太一”,原本誤作“太乙西”。

灝於紹熙四年登第為官)作吏,殆無復此樂矣。

為春瘦,何堪更、繞西湖盡是垂柳。(四)自看煙外岫(xiù,山),記得與君,湖上攜手。君歸未久,早亂落、香紅千畝。一葉凌波縹緲,過三十六離宮,(五)遣游人回首。

猶有,畫船障袖(船上女子以袖遮面),青樓倚扇(持扇佇立),相映人爭秀。翠翹(首飾,白居易《長恨歌》"翠翹金雀玉搔頭")光欲溜,愛著宮黃(女子額上塗以黃粉的裝扮),而今時候。傷春似舊,蕩一點,春心如酒。寫入吳絲(指琴弦,李賀《李憑箜篌引》"吳絲蜀桐張高秋")自奏,問誰識、曲中心,花前後。(六)

(一) 鄭文焯云:攷是解為黃鍾角,舊譜住字當用姑洗(古代樂律名。古樂分十二律, 陰陽各六,第五為姑洗),俗名正黃鍾宮角,畢曲例用字譜一字。白石於排字旁譜正合。其坿(同"附")以五字者,以寄清聲也。又調中凡短拍並用黃鍾羽音南呂之工字為協,如起句"瘦"字,次"手"字,下闋之"袖"、"候"、"舊"字,皆是。此字律,久無能知之者,觀元人邵亨貞[①]兩作[②],竝(同"並")於下闋首句不叶,只守有字夾叶之例,而不諳"袖"字為正均(古同"韻")。蓋有為

① 邵亨貞(1309-1401),字復孺,號清溪,華亭(今浙江嘉興)人。元末兵亂,避居松江(今屬上海)。善文辭,與楊維楨、陶宗儀、錢惟善等交遊唱和。博通經史,工篆、隸書,曾官松江府學訓導。著有《野處集》四卷,《蟻術詩選》八卷,《蟻術詞選》四卷。

② 邵亨貞所作《角招》兩首分別為:"夢雲杳,東風外,畫闌倚遍寒峭。小梅春正好。護憶故園,花滿林沼。天荒地老。但暗惜、王孫芳草。鶴髮仙翁洞裏,為分得一枝來,便迎人索笑。 窗曉,冷香窈靄,幽情雅澹,不減孤山道。舊愁渾欲掃。卻明朝、新愁縈繞。何郎易惱。且約住、傷春懷抱。彩筆風流未少。更何日,玉簫吹,金尊倒。""暮雲起,苕溪上,畫橈蕩漾春水。道人煙浪裏。信筆賦詩,千古無比。吳頭楚尾。問舊日、陶朱鄰里。擷得江蘺寄遠,向天角歌孤帆,且行行休矣。 吟倚,柳陰傍晚,花期暗數,芳事今餘幾。舊遊難屈指。化鶴歸來,依然城市。紛紜鬧紫。豈不羨、山林宮徵。更約吟船共艤。剩判得,落殘花,欺行李。"

句均(古同"韻"),"袖"字乃一句之諧音,不可不審也。

(二)"吹",沈遜齋本作"吙"。張文虎云:《史晨後碑》(即《魯相史晨饗孔子廟碑》,刻於東漢建寧元年,168,四月)"吹"作"吙",故譌為"吹"。然疑吹乃"冷"字誤也。鄭文焯云:"吙"為"吹"之譌。陸本是。

(三)張文虎云:此"吟"當為"吹"。

(四)鄭文焯云:諦審第五句"湖上攜手",則次句繞湖語氣自疏以達,不須更出"西"字,此本指沈遜齋本次句"柳"字獨缺旁譜,可知原作九字句,必衍一字無疑。

又云:"柳"字均(古同"韻"),衍一"西"字,有旁譜可證。趙以夫[1]賦梅[2],元邵亨貞有此調二解,是句並作九字。攷諸本是解次句並同此誤。以宋本沿譌,尟(同"鮮")有據旁譜審訂者。

(五)班固《西都賦》(班固作《西都賦》與《東都賦》,合稱《兩都賦》,為漢賦名篇):"離宮別館,三十六所。"

(六)"後",沈遜齋本作"友"。鄭文焯云:陸本作"花前後",舊鈔本與此景宋本指沈遜齋本同作"友",宜據訂,此結處蓋用對句例。

徵　招(一)

越中山水幽遠,予數上下西興(古地名,在今浙江蕭山西北)、錢清

---

① 趙以夫(1189-1256),字用父,號虛齋,長樂(今屬福建)人,宋宗室。嘉定十年(1217)進士,歷知邵武軍、漳州,皆有治績。嘉熙初,為樞密都承旨。二年(1238),拜同知樞密院事,淳祐初罷。尋加資政殿學士、進吏部尚書、兼侍讀,詔與劉克莊同纂修國史。著有《虛齋樂府》。

② 趙以夫《角招》:"曉風薄,苔枝上,剪成萬點冰蕚。暗香無處著。立馬斷魂,晴雪籬落。橫溪略彴。恨寄驛、音書遼邈。夢繞揚州東閣。風流舊日何郎,想依然林壑。　離索,引杯自酌,相看冷淡,一笑人如削。水雲寒漠漠。底處群仙,飛來霜鶴。芳姿綽約。正月滿、瑤臺珠箔。徙倚闌幹寂寞。盡分付,許多愁,城頭角。"

(即錢清江)間,襟抱清曠。越人善為舟,卷蓬方底(船帆轉折,船底方形)。(二)舟師(船夫)行歌,徐徐曳之,如偃臥榻上,無動搖突兀勢,以故得盡情騁望。予欲家焉而未得,作《徵招》以寄興。《徵招》、《角招》者,政和(宋徽宗年號,1111-1118)間(三)大晟府嘗製數十曲,(四)音節駁矣。予嘗攷唐田畸①《聲律要訣》(五)云:"徵與二變(變宮、變徵二調)之調,咸非流美",故自古少徵調曲也。徵為去母調,如黃鍾之徵,以黃鍾為母,不用黃鐘乃諧。故隋唐舊譜不用母聲。琴聲家無媒調、商調之類,皆徵也,亦皆具母弦而不用。其說詳於予所作《琴書》。(六)然黃鍾以林鍾為徵,住聲(即殺聲,古代音樂術語)於林鍾;若不用黃鐘聲,便自成林鍾宮矣。故大晟樂府徵調兼母聲,一句似黃鍾均(古同"韻"),一句似林鐘均(古同"韻"),所以當時有落韻(即出韻)之語。(七)予嘗使人吹而聽之,寄君聲於臣民事物之中(《樂記》:"宮為君,商為臣,角為民,徵為事,羽為物。"此指寄林鍾宮於商、角、徵、羽),清者高而亢,濁者下而遺,萬寶常②所謂"宮離而不附"者是已。因再三推尋唐譜并琴弦法而得其意。黃鍾徵雖不用母聲,亦不可多用變徵蕤(ruí)賓、變宮應鐘聲;若不用黃鐘而用蕤賓、應鍾,即是林鍾宮矣。餘十一均(古同"韻")徵調倣此,其法可謂善矣。然無清聲,衹可施之琴瑟,難入燕樂(一作"宴樂"、"讌樂",其名稱始見於《周禮·春官》,指天子及諸侯宴飲賓客時所用的音樂)。故燕樂闕徵調,不必補可也。此一曲乃予昔所製,因舊曲正宮《齊天樂慢》前兩拍是徵調,故足成之,雖兼用母聲,較大晟曲為無病矣。此曲依《晉史》名曰黃鍾下徵調,《角招》曰黃鍾清角調。

---

① 按,"畸",原本誤作"崎"。

② 萬寶常,幼隨父自南朝歸北齊,從祖珽學演奏和音律,其父後因謀歸江南被殺,遂被配為樂戶。隋開皇初,鄭譯等定樂,召與參議,後奉詔制樂器,又以自製水尺為律尺調音,撰有《樂譜》六十四卷。遭權貴蘇威父子忌,同輩亦多排擠,終貧餓而卒。事跡詳見《隋書》卷七八《藝術傳·萬寶常傳》。

潮回卻過西陵(即西興)浦,扁舟僅容居士。去得幾何時,黍離離如此。(八)客途今倦矣,漫贏得、一襟詩思。記憶江南,落帆沙際,此行還是。

迤邐(蜿蜒不斷)(九)剡(shàn,即剡縣,今浙江紹興嵊州)中山,重相見,依依故人情味。似怨不來遊,擁愁鬟十二(指山峰如女子髮髻排列,五代馬縞《中華古今注》卷中載"武帝又令梳十二鬟髻")。一邱(本作"丘",避孔子名諱改。一丘,即退隱安身處)聊復爾,(十)也孤負、幼輿高致①。(十一)水葓(hóng,水草名)晚,漠漠搖煙,奈未成歸計。

(一)鄭文焯云:攷黃鍾徵,俗名正黃鐘宮正徵,殺聲用林鍾尺字。林鍾無清聲,故慢前兩拍為黃鍾商,用太蔟四字。太蔟例寄清聲於五字。按之是曲旁譜,正合。爰識之,以俟辨音者。

(二)"篷",沈遜齋本作"蓬"。鄭文焯云:"蓬"當作"篷",陸本是。

(三)晁公武②《郡齋讀書志》載《大晟樂府雅樂府》(《郡齋讀書志》卷一上作《大晟樂府推圖》)一卷,注云:"皇朝政和中建大晟樂府。"此敍亦云:"政和間,大晟府嘗製數十曲",唯玉田《詞源》則謂崇寧(宋徽宗年號,1102-1106)初建大晟府,豈傳聞之世有異邪?

① 按,"致",他本或作"志"。

② 晁公武,字子止,號昭德先生,濟州鉅野(今山東巨野)人。靖康中避兵入蜀,紹興初進士,為四川總領財賦司幹辦公事,宋孝宗乾道中以敷文閣直學士為臨安府少尹。賅博廣聞,曾受四川轉運副使井度五十篋贈書,又合祖傳舊藏二萬餘卷,披覽校讎,逐一著錄,成《郡齋讀書志》,是為我國最早私家提要書目。

（四）鄭文焯云：《宋史·文苑傳》：劉詵[①]，字應伯，福州福清人，中進士第。崇寧中以通音律為大晟府典樂。嘗論："燕樂之音，失於高急，曲調之詞，至於鄙俚，恐不足以召和氣。宋，火德也，音尚徵，徵調不可缺。按古制，旋十二宮以七聲，得正徵一調。"云云。徽宗深韙其言，以為《徵招》、《角招》為君臣相悅之樂，欲聞而無言者。他日禁中出古鍾二，召詵於都堂按之，詵曰："此與今太蔟、大呂聲協。"命取大晟鍾扣之，果應。又曰："鍾擊之無餘韻，不如石聲。《詩》所云'依我磬聲'（句出《詩經·商頌·那》）者，言其清而定也。"復取以合之，音益諧。[②] 當時議禮論樂，聚訟盈廷，卒以朝廷荒於聲歌，召金狄之亂，此知樂者所謂宮離而不坿（同"附"），流蕩忘反者也。

（五）鄭文焯云：晁公武《郡齋讀書志》"樂類"，《聲律要訣[③]》十卷，唐上黨郡司馬田疇撰，此謂為田畸，未知孰是？疑偏旁奇壽，以形近易訛。[④]

（六）鄭文焯云：《琴書》，今已失傳。

（七）鄭文焯云：白石此論，大晟製數十曲，音節踳（chuǎn）駮（錯亂，駁雜），當時有落韻之譏。稽撰唐譜，推尋律本，以為燕樂，無取於徵調。蓋以諸宮字譜竝（同"並"）從本律商角變羽閏各間一律，唯徵調舊譜闕之。景祐（宋仁宗年號，1034－1038）、崇寧中，一再增補，因變以求之，凡正徵俱不間律，如黃鍾徵，即用正宮，而以林

---

① 劉詵，字應伯，福清（今屬福建）人。元豐進士，為莆田主簿，知廬江縣。崇寧中，為講議司檢討官，進軍器監、大理寺丞，為大晟府典樂。精通音律，嘗奏上歷代雅樂沿革，故委以樂事。歷宗正、鴻臚、衛尉、太常諸寺少卿，與修《續太常因革禮》。事跡詳見《宋史》卷四四四《文苑傳六·劉詵傳》。按，"劉"，原本誤作"鄧"。

② 《宋史》引文至此，原本断句多有訛誤，今據中華書局標點本校改。

③ 按，"訣"，原本誤作"談"。

④ 宋仁宗時所修《崇文總目》卷一載："《聲律要訣》十卷，唐田琦撰，推本律吕及制管定音之法，文雖近俗，而於禮樂尤詣焉。"《文獻通考·經籍考十三》、《宋史·藝文一》承之，皆作"田琦"。

鍾為殺聲;至羽及閏角,又以林鐘間律而遞相推焉。按四清聲唯黃、大、太、夾四均(古同"韻")有之,自姑洗以下止用本律。此白石所謂無清聲,難入燕樂也。庚戌冬,鶴道人(即鄭文焯)記。

(八)《詩·王風·黍離篇·序》云:《黍離》,閔宗周也。大夫行役,至於宗周,過故宗廟宮室,盡為禾黍,閔周室之顛覆,彷徨不忍去而作是詩也。其詩第一章云:"彼黍離離,彼稷之苗。行邁靡靡,中心搖搖。知我者謂我心憂,不知我者,謂我何求?悠悠蒼天,此何人哉。"

(九)鄭文焯云:换頭處短均(古同"韻")與角招同,旁譜尺字,寄清聲五。

(十)"邱",沈遜齋本作"丘"。

(十一)謝鯤[①],字幼輿,晉明帝在東宫,見之,甚相親重。問"卿自謂何如庾亮[②]?"答曰:"端委朝堂,使百僚準則,鯤不如亮;一丘一壑,自謂過之。"

---

① 謝鯤(281-323),字幼輿,陳郡陽夏(今河南太康)人。初仕為東海王司馬越太傅掾,轉左將軍王敦長史,以鎮壓杜弢起義有功封侯。王敦據兵叛亂,無力勸阻,終日縱酒。後為豫章太守,卒於任上。事跡詳見《晉書》卷四九《謝鯤傳》。

② 庾亮(289-340),字元規,潁川鄢陵(今河南鄢陵西北)人,晉明帝明穆皇后之兄。元帝在位時,侍講東宫,累遷中領軍。成帝即位,為中書令。蘇峻之亂平,出鎮蕪湖,尋代陶侃都督江、荊、豫、益、梁、雍六州諸軍事,領江、荊、豫三州刺史。好莊老,善談論,其文自然質樸。事跡詳見《晉書》卷七三《庾亮傳》。

卷七(白石道人詞)

自 製 曲

秋宵吟(一)越調

古簾空,墜月皎。坐久西窗人悄(憂愁貌。《詩經·陳風·月出》:"月出皎兮,佼人僚兮,舒窈糾兮,勞心悄兮")。蛩吟苦,漸漏(即漏壺,古代計時器,銅制有孔,可以滴水或漏沙以計時間)水丁丁,箭壺(漏箭為漏壺的部件,上刻時辰度數,隨水浮沉以計時)催曉。引涼颸(sī,涼風),動翠葆(青翠茂盛的草木),露腳(即雨)斜風雲表(雲外)。因嗟念、似去國情懷,暮帆煙草。

帶眼銷磨(指衣帶漸寬,帶眼為腰帶上繫帶之孔),為近日愁多頓老。衛娘(漢武帝皇后衛子夫,代指美貌女子)何在,(二)宋玉(戰國楚辭賦家)歸來,(三)兩地暗縈繞。搖落江楓早。嫩約(初約)無憑,幽夢又杳,但盈盈(淚水晶瑩貌),淚灑單衣,(四)今夕何夕恨未了。(《詩經·唐風·綢繆》:"今夕何夕,見此良人")

(一)"宵",沈遜齋木作"霄"。鄭文焯云:"霄",陸本作"宵",是。目錄正作"宵"。

(二)李賀詩:"漏催水咽玉蟾蜍,衛娘髮薄不勝梳。"(句出李賀《浩歌》)羅隱詩:"蜀國暖回浮峽浪,衛娘清轉遏雲歌。"(句出羅隱

《春思》)

(三)《史記·屈原賈生列傳》:屈原既死之後,楚有宋玉、唐勒、景差之徒者,皆好辭而以賦見稱,然皆祖屈原之從容辭令,終莫敢直諫。

(四)“衣”,許增云:舊鈔本作“衾”。

淒涼犯仙呂調犯商調

合肥巷陌皆種柳,秋風夕起,騷騷然。予客居闔戶,時聞馬嘶,出城四顧,則荒煙野草,不勝淒黯,乃著此解。琴有淒涼調,假以為名。凡曲言犯者,謂以宫犯商、商犯宫之類。如道調宫“上”字住,雙調亦“上”字住,所住字同,故道調曲中犯雙調,或於雙調曲中犯道調,其他準此。唐人樂書云:“犯有正、旁、偏、側,宫犯宫為正,宫犯商為旁,宫犯角為偏,宫犯羽為側。”(一)此説非也。十二宫所住字各不同,不容相犯,十二宫特可犯商、羽、角耳。予歸行都(指南宋都城臨安),以此曲示國工(宮廷樂工)田正德,使以啞觱(bì)栗(西域傳入的管樂器,形似喇叭,用竹做管,用蘆葦做嘴)吹之,(二)其韻極美。亦曰“瑞鶴仙影”。

綠楊巷陌,(三)秋風起、邊城(宋金以淮水為界,合肥已近邊界)一片離索(蕭索)。馬嘶漸遠,人歸甚處,戍樓(邊地或城墻上所建軍事瞭望樓)吹角。情懷正惡,更衰草寒煙澹薄。(四)似當時、將軍部曲(指軍隊),迤邐度沙漠。(五)

追念西湖上,小舫攜歌(攜帶歌女),晚花行樂。舊游在否,想如今、翠凋紅落。漫寫羊裙,(六)等新鴈來時繫著。怕匆匆、不肯寄與,誤後約(日後相逢期約)。

（一）杜按：此數句，《詞苑萃編》引作："宫犯宫為正宫，犯商為旁宫，犯角為偏宫，犯羽為側宫。"

（二）"栗"下沈遜齋本有"角"字。鄭文焯云：攷觱栗本龜（qiū）茲（cí）國（西域古國名，在今新疆庫車縣一帶）樂，其製法角音九孔而五音咸備。此敘言啞觱栗角，蓋以其製類角，聲似笳，當時因以此名之。

（三）鄭文焯云："陌"字起均（古同"韻"），旁譜可證。至犯字義例已詳余所著《詞源斠律》。

又云：近人作是解，起句似七言詩，蓋未審"陌"上旁譜之么為道調起調之證，率以詩均（古同"韻"）通轉例，妄加入詞。余曩嘗舉宋名家詞中所用均（古同"韻"），證以古音諧例，乃知與今詩均（古同"韻"）碩異。誰可膠柱求聲？此詞人以知律為貴也。

（四）"草"，沈遜齋本作"艸"。

（五）鄭文焯云：紹興庚辰（即紹興三十年，1160），金人敗盟，犯盧州（即合肥）。王權敗歸。[1] 太師陳康伯[2]請下詔親征，以葉義問[3]督江淮軍，虞允文[4]參謀軍事。尋敗敵於采石。詞中所謂"似

---

① 王權為南宋初將領，時任建康都統制、清遠軍節度使。《宋史》載："金主亮犯淮西，朝廷命王權拒於合肥"，"王權聞金兵大至，自廬州引兵遁，屯昭關"。事後朝廷對其不戰而遁的懲罰為"貸死，瓊州編管"。

② 陳康伯（1097－1165），字長卿，信州弋陽（今屬江西）人。宣和進士。與秦檜在太學有舊，檜當權，不阿附。紹興末，自吏部尚書除參知政事，後拜右相，遷左相。金主完顏亮南下，兵至廬州，朝臣有遣家避難者，他獨具舟迎眷屬入臨安，贊帝定議親征。隆興元年（1163），以病堅請去位，判信州。次年，金兵復南犯，再任左相兼樞密使。事跡詳見《宋史》卷三八四《陳康伯傳》。按，"康"原本誤作"秉"。

③ 葉義問（1098－1170），字審言，嚴州壽昌（今浙江建德南）人。建炎進士，歷官州縣，治事不避權貴，忤秦檜黨羽，罷官。檜死，起為諫官，盡逐檜黨。後拜同知樞密院事。金兵南侵，奉命視師，然素不知兵，措置乖謬，罷為提舉宫觀。復為言者所論，謫饒州。事跡詳見《宋史》卷三八四《葉義問傳》。

④ 虞允文（1110－1174），字彬甫，隆州仁壽（今屬四川）人。紹興二十三年（1153）進士。三十一年，金兵南下，以參謀軍事犒師采石，值諸軍無主，招諸將勉以忠義，擊退之。次年，為川陝宣諭使。乾道元年（1165），拜參知政事兼樞密院事。三年，為四川宣撫使。五年，拜相兼樞密使。八年，罷為四川宣撫使。出入將相二十年，多薦知名士。事跡詳見《宋史》卷三八三《虞允文傳》。

當時、將軍部曲,迤邐度沙漠”,蓋隱寓其時戰事也。

(六)《南史·羊欣傳》:欣年十二,王獻之甚知愛之,欣尝著新絹裙,晝寢,獻之見之,書裙數幅而去。欣書本工,因此彌善。(羊欣,字敬元,泰山南城人。官中散大夫、義興太守。工書法)陸龜蒙詩:“重思①醉墨縱橫甚,書破羊欣白練裙。”(句出陸龜蒙《懷楊台文楊鼎文二秀才》)

翠樓吟雙調

淳熙丙午(即淳熙十三年,1186)冬,武昌安遠樓成,與劉去非(事跡不詳)諸友落之(参與落成典禮),度曲見志。予去武昌十年,故人有泊舟鸚鵡洲(見前《清波引》注)者,聞小姬歌此詞,問之,頗能道其事,還吳為予言之。興懷昔游,且傷今之離索(離群索居)也。

月冷龍沙(泛指塞外漠北邊塞之地),塵清虎落(籬落,藩籬。古代用以遮護城邑或營寨的竹籬,亦用以作為邊塞分界的標誌),今年漢酺(《漢律》:三人已上無故羣飲,罰金四兩。大酺指允許歡聚飲酒)初賜。(一)新翻胡部曲(唐時西涼地方樂曲,以琵琶為主),聽氈(zhān)幕(即氈帳)、元戎(軍隊主將)歌吹。(以上所述邊塞之事,皆為契合安遠樓樓名之意)層樓高峙,看檻曲縈紅,簷牙飛翠,人姝麗,粉香吹下,夜寒風細。

此地,宜有詞仙,(二)擁素雲黃鶴,與君游戲。(三)玉梯凝望久,歎芳草、萋萋千里。(四)天涯情味,仗酒祓(fú,原指古代為除災去邪而舉行儀式的習俗,此處指消除)清愁,花銷英氣。(五)

---

① 按。“思”,原本誤作“看”。

西山外,(六)晚來還捲、一簾秋霽。(王勃《滕王閣詩》有句云:"畫棟朝飛南浦雲,珠簾暮卷西山雨")

(一)《漢書·文帝紀》,十六年(前 164)九月,得玉杯,刻曰"人主延壽",令天下大酺。張九齡①詩:"漢酺歌聖酒,韶樂舞薰風。"(句出張九齡《奉和聖制登封禮畢洛城酺宴》)

鄭文焯云:"酺"字作平聲,此調者每用上聲,非是。太白詩:"漢酺聞奏鈞天樂,願得風吹到夜郎。"唐宋人詩多用平聲。

(二)"詞",許增云:《歷代詩餘》作"神",《詞譜》同。

(三)崔顥②《黃鶴樓》詩云:"昔人已乘黃鶴去,此地空餘黃鶴樓。黃鶴一去不復反,白雲千載空悠悠。晴川歷歷漢陽樹,芳草萋萋鸚鵡洲。日暮鄉關何處是,煙波江上使人愁。"

(四)"草萋萋",沈遜齋本作"艸凄凄"。鄭文焯云:"凄凄"當作"萋萋",陸本是。(按,《楚辭·招隱士》:"王孫遊兮不歸,春草生兮萋萋",故此處也暗含悲思被俘北上趙姓宗室之意)

(五)"銷",許增云:《歷代詩餘》作"嬌"。

(六)鄭文焯云:"外"字協,與前闋同例。

湘　月

長溪(宋代縣名,今福建霞浦南)楊聲伯(生平不詳)典長沙楫櫂(亦

---

① 張九齡(678-740),一名博物,字子壽,韶州曲江(今廣東韶關)人。武則天時進士,授校書郎,升左拾遺、左補闕。開元二十一年(733),拜中書侍郎,同中書門下平章事。再遷中書令,上言廢循資格,復置十道採訪使。後為李林甫所譖,罷相。其詩以寄興為主,格調剛健。事跡詳見《舊唐書》卷九九《張九齡傳》。

② 崔顥,汴州(今河南開封)人。開元十一年(723)登進士第,曾從事河東軍幕。天寶初,為太僕寺丞,終司勳員外郎。早年詩歌浮豔輕薄,後從軍邊塞,詩風轉變,風骨凜然。

作"檝棹",指船),居瀕湘江,窗間所見,如燕公(宋人燕文貴、燕肅皆工山水)、郭熙①畫圖,臥起幽適。丙午(即淳熙十三年,1186)七月既望,聲伯約予與趙景魯、景望、蕭和父、裕父,時父、恭父,大舟浮湘,放乎中流,山水空寒,煙月交映,淒然其為秋也。坐客皆小冠練服,(一)或彈琴,或浩歌,或自酌,或援筆搜句。予度此曲,即《念奴嬌》鬲指聲也,(二)於雙調中吹之。鬲指亦謂之過腔(樂體術語。宋代詞人將原有曲調的某些音階升高或降低一音,從而創制成新的曲調的一種方式),見晁無咎②集,凡能吹竹者,便能過腔也。

五湖舊約,問經年底事,長負清景。瞑入西山,(三)漸喚我一葉(指扁舟)夷猶(從容自在貌)乘興。(李商隱《無題》有句:"萬里風波一葉舟,憶歸初罷更夷猶")倦網都收,(四)歸禽時度,月上汀洲冷。中流容與(悠閒自得貌),畫橈(精美的船槳)不點清鏡(清澈平靜如鏡的河面)。

誰解喚起湘靈(湘水女神,或說即舜之二妃所化,善於鼓瑟),煙環霧鬢,理(彈奏)哀弦鴻陣(謂從哀弦中彈出的聲音像哀雁鳴叫之聲。此指瑟曲《歸雁操》)。玉麈(zhǔ,麈尾,形如拂塵,魏晉清談之士常持之具)談元,(五)歎坐客、多少風流名勝(指文人名士)。暗柳蕭蕭,飛星冉冉,(六)夜久知秋信。鱸魚應好,(七)舊家樂事誰省。

---

① 郭熙,字淳夫,河陽溫縣(今河南孟縣)人,世稱"郭河陽"。宋神宗熙寧年間任畫院藝學,後任翰林待詔直長。工畫山水,師法李成,早年畫風工巧細緻,晚年落筆雄壯。與李成並稱"李郭",為山水畫主要流派之一。

② 晁無咎即晁補之(1053-1110),字無咎,號歸來子,濟州巨野(今屬山東)人。元豐進士,歷官太學正、著作佐郎。紹聖末,坐黨籍,謫監信州酒稅。徽宗召為吏部員外郎,出知湖州等郡,卒於泗州。與黃庭堅、張耒、秦觀並稱"蘇門四學士"。散文流暢,亦工詩詞。事跡詳見《宋史》卷四四四《文苑傳六・晁補之傳》。

（一）“綀”，沈遜齋本作“練”。鄭文焯云：此“綀”（shū）字甚古，詞中多譌作“練”。如清真《齊天樂》“綀囊”[①]，夢窗《解連環》“綀帷”[②]，并不作“練”。攷《類篇》（北宋官修字書）“綀”訓綌（xì）（粗葛布）屬，引禰衡[③]着綀巾。《後漢書》衡傳作“疏巾”。案“疏”字或體亦作“踈”，此“綀”字作平聲之一證。又徐鉉有“好風輕透白綀衣[④]”之句（句出徐鉉《和印先輩及第後獻座主朱舍人郊居之作》）。趙以夫詞云：“正蕭然、竹枕綀衾”（句出趙以夫《夜飛鵲》），竝（同“並”）作平聲，可為左證。今得此詞題叙益信。《晉書·車武子傳》：“家貧，不常得油，夏月則練囊盛數十螢火以照書。”此清真詞所本。今元巾箱本及毛刻並已作“練”，誤。

（二）沈遜齋本“鬲”上有“之”字。鄭文焯云：陸本“鬲指”上無“嬌”字。

（三）“瞑”，沈遜齋本作“暝”。

（四）“都”，沈遜齋本作“多”。鄭文焯云：“多”，陸本作“都”，是。此與《琵琶仙》“都把一衿芳思”，“都”作“多”同一音近之誤。

（五）《晉書·王衍傳》：“每捉玉柄麈尾，與手同色”。

“元”，沈遜齋本作“玄”。

---

① 周邦彥《齊天樂》：“綠蕪凋盡臺城路，殊鄉又逢秋晚。暮雨生寒，鳴蛩勸織，深閣時聞裁剪。雲窗靜掩。歎重拂羅裀，頓疏花簟。尚有綀囊，露螢清夜照書卷。｜荊江留滯最久，故人相望處，離思何限。渭水西風，長安亂葉，空憶詩情宛轉。憑高眺遠。正玉液新篘，蟹螯初薦。醉倒山翁，但愁斜照斂。”

② 吳文英《解連環》：“暮簷涼薄。疑清風動竹，故人來邈。漸夜久、閑引流螢，弄微照素懷，暗呈纖白。夢遠雙成，鳳笙杳、玉繩西落。掩綀帷倦入，又惹舊愁，汗香闌角。　銀瓶恨沉斷索。歎梧桐未秋，露井先覺。抱素影、明月空閒，早塵損丹青，楚山依約。翠冷紅衰，怕驚起、西池魚躍。記湘娥、絳綃暗解，褪花墜萼。”

③ 禰衡（173-198），字正平，平原（今山東臨邑東北）人。少有才辯，氣尚高傲，不畏權貴。因擊鼓辱罵曹操，被遣送荊州劉表。復不合，轉送江夏太守黃祖，終被殺害。事跡詳見《後漢書》卷八〇下《文苑傳下·禰衡傳》。

④ 按，“衣”，原本誤作“巾”。

“談元”,許增云:《詞譜》作“清譚”。

(六) “星”,許增云:《詞譜》作“螢”。

“冉冉”,沈遜齋本作“苒苒”。

(七) 《晉書》:張翰[①]因秋風起,乃思吳中蓴(同“蒓”)羹鱸膾,遂令駕歸。

---

① 張翰,字季鷹,吳郡吳縣(今屬江蘇)人。齊王冏執政時,辟為大司馬東曹掾。後天下禍亂紛紜,避禍南歸。為人縱任不拘,善屬文。事跡詳見《晉書》卷九二《文苑傳·張翰傳》。

卷八(白石道人詞)

此卷陸本作"歌曲別集",沈遜齋本作"歌詞","別集"二字另行

別　集

小重山令

趙郎中(事跡不詳)謁告(請假)迎侍太夫人,將來都下,予喜為作此曲。

寒食飛紅[1]滿帝城,慈烏(烏鴉的一種,相傳此鳥能反哺其母,故稱)相對立,柳青青。玉階端笏(古代大臣上朝拿的手板,用玉、象牙或竹片製成,可用記事)細陳情,天恩許,春盡可還京。

鵲報倚門人(借指盼子歸來的慈母),安輿[2]扶上了,更親擎。看花攜樂緩行程。爭迎處,堂下拜公卿。

念　奴　嬌

毀舍(臨安大火,姜夔寓所被焚毀)後作。

---

① 按,"紅",原本誤作"寒"。

② "安輿"即安車。《新唐書·趙隱傳》:"懿宗誕日,宴慈恩寺,隱侍母以安輿臨觀。宰相方率百官拜恩於廷,即回班候夫人起居,搢紳以為榮。"

昔游未遠,記湘臯(湘水之濱)聞瑟,澧浦捐褋(dié,單衣)。(一)因覓孤山林處士,(二)來踏梅根殘雪。獠女(粗蠢的婢女)供花,傖(cāng)兒(粗鄙的童僕)行酒,臥看青門[①](指南宋都城臨安的東門,東青門)轍。一邱(本作"丘",避孔子名諱改。一丘,泛指退居棲身之地)吾老,可憐情事空切。

曾見海作桑田(葛洪《神仙傳·王遠》:麻姑自説云:"接待以來,已見東海三為桑田"),仙人雲表,笑汝真癡絕。説[②]與依依王謝(東晉高門士族王導、謝安等家)燕,(三)應有涼風時節。越只青山,吳惟芳草,萬古皆沈(同"沉")滅。繞枝三匝,(四)白頭歌盡明月。(指常支助自己的張鑒已逝,寓所又毀,不知棲身何處)

(一) 鄭文焯云:陸本作"媟",沈本作"褋"。此"褋"字用《離騷》,不誤。杜按:許增本據陸本,今仍作"褋"。(按,此處當指《湘夫人》:"捐余袂兮江中,遺餘褋兮醴浦")

(二) 林逋。

(三) 劉禹錫《烏衣巷》詩:"朱雀橋邊野草花,烏衣巷口夕陽斜。舊時王謝堂前燕,飛入尋常百姓家。"

(四) 曹操《短歌行》:"月明星稀,烏鵲南飛,繞樹三匝,無枝可依。"

卜 算 子

吏部[③]梅花八詠,夔次韻。

① 按,"門",原本誤作"山"。
② 按,"説",他本或作"誰"。

江左詠梅人,夢繞青青路。因向淩風臺(揚州古臺名,其地多梅。南朝詩人何遜《早梅》詩:"枝横卻月觀,花繞淩風臺")下看,心事還將與。

憶别庾郎時,(一)又過林逋處。(二)萬古西湖寂寞春,惆悵誰能賦。

(一)《羣芳譜》云:大庾嶺,即五嶺之一。漢武帝擊南越,楊樸遺部將庾勝屯兵於此,因名大庾。其初險峻,行者苦之。自張九齡開鑿,始可車馬,其上多植梅。①

(二)林逋《山園小梅》詩云:"眾芳搖落獨暄妍,占盡風情向小園。疏影横斜水清淺,暗香浮動月黄昏。霜禽欲下先偷眼,粉蝶如知合②斷魂。幸有微吟可相狎,不須檀版共金尊。"

又(一)

月上海雲沈(同"沉"),鷗去吴波(指杭州以東的江海,一説指西湖水)迥(遼遠)。行過西泠有一枝,竹暗人家静。

又見水沈(同"沉")亭,(二)舉目悲風景,花下鋪氈把一

(接上页注③)姜夔友人張鎡《卜算子》詞小序云:"無逸寄示近作梅詞,次韻回贈。"全詞為:"常記十年前,共醉梅邊路。别後頻收尺素書,依舊情相與。 早願卻來看,玉照花深處。風暖還聽柳際鶯,休唱閒居賦。"該詞與這里姜夔所作同韻,故所謂吏部梅花詞,當指曾三聘所作。曾三聘,字無逸,臨江新淦(今屬江西)人,宋孝宗乾道間進士,寧宗朝曾任吏部考功郎,故稱"吏部"。事跡詳見《宋史》卷四二二《曾三聘傳》。

① 此處以大庾嶺多梅釋"庾郎"為庾勝意有未安,庾郎當指南北朝詩人庾信,其有《梅花》詩:"當年臘月半,已覺梅花闌。不信今春晚,俱來雪里看。樹動懸冰落,枝高出手寒。早知覓不見,真悔著衣單。"

② 按,"合",原本誤作"令"。

盃,緩飲春風影。

（一）沈遜齋本無“又”字,下同。

（二）原注:“西泠橋在孤山之西;水沈亭在孤山之北,亭廢。”

又

蘚榦(長滿青苔的樹幹)石斜妨(梅生於石後),玉蕊松低覆。日暮冥冥一見來,略比年時瘦。

涼觀酒初醒,竹閣吟纔就。(一)猶恨幽香作許慳(qiān,如許吝惜),小遲(稍待)春心透。

（一）原注:“涼觀在孤山之麓,南北梅最奇;竹閣在涼觀西,今廢。”

又

家在馬城西,(一)曾賦梅屏[①]雪。梅雪相兼不見花,月影玲瓏徹。

前度帶愁看,一晌和愁折。(二)若使逋仙及見之,(三)定自[②]成愁絕。

（一）原注:“馬城在都城西北,梅屏甚見珍愛。”(此為姜夔晚年

① 梅屏,成排如屏的梅樹。釋居簡《梅屏賦序》:“北山鮑家田尼庵梅屏傾京都,高宗燕殊宮,嘗令待詔院圖進。”

② 按,“自”,原本誤作“有”。

所居之地）

（二）“晌”，沈遜齋本作“餉”。鄭文焯云：“餉”當從日旁，陸本是。或云：“餉”或讀如“嚮”，一餉猶言一食之頃。“餉”、“晌”，正、俗字，此不誤。

（三）林逋。

又

摘蕊暝禽飛，（一）倚樹懸冰落。下竺橋邊淺立時，（二）香已漂流卻。

空逕晚煙平，古寺春寒惡。老子（即老夫，作者自稱）尋花第一番，常恐吳兒覺。

（一）“暝”，沈遜齋本作“瞑”。

（二）原注：“下竺寺前磵石上，風景甚妙。”“甚”，沈遜齋本作“最”。

又

綠蕚更橫枝，（一）多少梅花樣。惆悵西村一塢春，（二）開過[①]無人賞。

細草藉金輿（金飾的皇帝車駕，指宋孝宗車駕），歲歲長吟想。枝上么禽（“么”同“幺”，他本或作“幺禽”，即小的山鳥）一兩聲，猶似宮娥唱。

---

① 按，“過”，他本或作“遍”。

(一) 原注:"綠蕚、横枝,皆梅别種,凡二十許名。"①

(二) 原注:"西村在孤山後,梅皆阜陵(指宋孝宗,其陵名永阜)時所種。"

又

象筆(以象牙為筆管的筆)帶香題,龍笛(竹笛,笛聲似水中龍吟故名。漢馬融《長笛賦》:"龍鳴水中不見已,截竹吹之正相似")吟春咽。楊柳嬌癡未覺愁,花管人離别。

路出古昌源,(一)石瘦冰霜潔。折得青鬚碧蘚花,(二)持向人間説。

(一) 原注:"越之昌源,古梅妙天下。"②

(二) "折",沈遜齋本作"拆"。鄭文焯云:"拆"當作"折",陸本是。

又云:《武林舊事》(南宋周密撰):高宗居德壽宫,嘗謂孝宗曰:"苔梅有二種,宜興張公祠者,苔蘚極厚,花極香;一種出越上,苔如絲,長尺餘。"

又

御苑接湖波,松下春風細。(一)雲緑峩峩(同"峨")玉萬

---

① 范成大《范村梅譜》:"緑蕚梅,凡梅花附蒂皆絳紫色,惟此純緑,枝梗亦青,特為清高,好事者比之九疑僊人蕚緑華。"

② 《(嘉泰)會稽志》卷一七:"越州昌源梅最盛,實大而美。項里、容山、直步、石龜,多出古梅,尤奇古可愛,緑蘚封枝,苔鬚如緑縷,疏花點綴其上,夭矯如畫。山谷間甚多,樹或蔭數十步。"

枝,(二)别有仙風味。

長信昨來看(長信,漢宫名,常為太后所居。此句指宋寧宗奉其祖母宋孝宗謝太后臨幸),憶共東皇(東方之神,古以四時配四方,東方為春,故東方之神司春,又稱青帝。此處代指春光)醉。此樹婆娑(指枝條四布,扶疏、紛披)一惘然,(三)苔蘚生春意。

(一)原注:"聚景官梅,皆植之高松之下,芘蔭歲久,鄭文焯云:"芘"陸本作"花",宜據沈本,正形近譌。杜按,許增據陸本①,仍作"芘"萼盡綠。夔舊歲"舊"沈本作"昨"觀梅於彼,所聞於園宫者如此,末章及之。"②

(二)"峩峩",沈遜齋本作"莪莪"。鄭文焯云:"莪"當作"峩",陸本是。

(三)庾信《枯樹賦》:"此樹婆娑,生意盡矣。"

洞 仙 歌

黄木香贈辛稼軒(即辛棄疾)。

花中慣識,壓架(攀附花架)玲瓏雪(花小而繁)。乍見緗蕤(ruí,謂木香花淡黄而下垂。緗,淡黄色帛;蕤,下垂狀)閒(同"間")琅葉(似玉一般的枝葉)。(一)恨春風將了,染額人(古代美人以黄染額,此以黄木香比染額美人)歸,留得箇、裊裊垂香帶月。

---

① 按,"本",原本誤作"今"。

② 周密《武林舊事》卷四:"聚景園,清波門外孝宗致養之地,堂扁皆孝宗御書。淳熙中,屢經臨幸。嘉泰間,寧宗奉成肅太后臨幸。其後並皆荒蕪不修。高疏寮詩云:'翠華不向苑中來,可是年年惜露臺。水際春風寒漠漠,官梅却作野梅開。'"

鵝兒真似酒（杜甫《舟前小鵝兒》詩："鵝兒黃似酒，對酒愛新鵝"，此指黃木香花色如鵝黃酒），我愛幽芳，還比酴（tú）醾（mí，酒名，此指花的顏色似酴醾酒）又嬌絕。自種古松根，約[①]看黃龍（指黃木香枝蔓），亂飛上、蒼髯五鬣（liè）。（整句指黃木香枝盤蔓有致）更老仙、添與筆端春（謂辛棄疾為黃木香賦詩填詞），敢喚起桃花，問誰優劣？

（一）"蕤"，沈遜齋本作"枝"。

驀山溪

詠柳。

青青宮[②]柳，飛過雙雙燕。樓上對春寒，捲珠簾瞥然一見。[(一)]如今春去，香絮亂因風，霑徑草，[③]惹牆花，一一教誰管。

陽關去也，[(二)]方表（四方之外，指極遠之地）人腸斷。幾度拂行軒（官員、貴戚所乘的車，此處指車旅），念衣冠尊前易散。翠眉織錦，[④]紅葉浪題詩，[⑤]煙渡口，水亭邊，長是心先亂。

---

① 按，"約"，他本多作"待"。

② 按，"宮"，他本多作"官"。

③ 按，原本斷句作"香絮亂，因風霑徑草"。

④ 翠眉，古代女子用青色的黛螺畫眉。織錦，典出蘇蕙之事，《晉書·列女傳》稱：竇滔妻蘇蕙，字若蘭，有文才，"滔，苻堅時為秦州刺史，被徙流沙，蘇氏思之，織錦為回文旋圖詩以贈滔"。

⑤ 唐人范攄《雲谿友議》卷下"題紅怨"條載："明皇代，以楊妃、虢國寵盛，宮娥皆頗衰悴，不備掖庭。常書落葉，隨御水而流，云：'舊寵悲秋扇，新恩寄早春。聊題一片葉，將寄接流人。'顧況著作聞而和之，既達宸聰，遣出禁內者不少，或 （转下页）

（一）“瞥”，沈遜齋本作“偶”。

（二）王維《送元二使安西》詩：“渭城朝雨浥輕塵，客舍青青柳色新。勸君更盡一杯酒，西出陽關無故人。”

永　遇　樂（一）

次韻辛克倩（即辛泌，姜夔客居漢陽期間友人）先生。

我與先生，夙期（早有交情）已久，人間無此。不學楊郎①，南山種豆，（二）十一徵微利（楊惲《報孫會宗書》稱：“惲幸有餘祿，方糴賤販貴，逐十一之利”）。雲霄直上，諸公袞袞（衆多），（三）乃作道邊苦李②。五千言、（四）老來受用，肯教造化兒戲（不為天地造化玩弄）。

東岡記得，同來胥宇（房屋），歲月幾何難計。柳老悲

（接上页注⑤）有五使之號焉。和曰：‘愁見鶯啼柳絮飛，上陽宮女斷腸時。君恩不禁東流水，葉上題詩寄與誰。’盧渥舍人應舉之歲，偶臨御溝，見一紅葉，命僕搴来，葉上乃有一絶句，置於巾箱，或呈於同志。及宣宗既省宮人，初下詔許從百官司吏，獨不許貢舉人。渥後亦一任范陽，獲其退宮人，覩紅葉而吁嗟久之，曰：‘當時偶題隨流，不謂郎君收藏巾篋。’驗其書，無不訝焉。詩曰：‘水流何太急，深宮盡日閒。慇懃謝紅葉，好去到人間。’”按，這兩個故事都只説宮人題詩隨水流出，沒有説有和詩再流入宮中，後來孟棨《本事詩》、宋人張實《流紅記》分别對兩件事加以改編、再創作，成為著名的“紅葉題詩”故事。

① 楊郎即楊惲（？－前54），字子幼，西漢華陰（今屬陝西）人，司馬遷外孫。好史學，習《春秋》、《太史公書》。以才能稱，名異朝廷。宣帝時，因告發霍氏謀反，以左曹擢中郎將，封平通侯。在任廉潔無私，遷為光祿勳。好發人陰私，因此被免官。遂一改昔日所行，廣治產業，其友安定太守孫會宗曾寫信告誡，楊惲因作《報孫會宗書》，有牢騷不平之語。終被告驕奢不悔過，以大逆不道罪腰斬。事跡詳見《漢書》卷六六《楊惲傳》。

② 《晉書・王戎傳》載：“嘗與群兒嬉于道側，見李樹多實，等輩競趣之，戎獨不往。或問其故，戎曰：‘樹在道邊而多子，必苦李也。’取之信然。”“作道邊苦李”指與世無爭、不涉世事則可自全。

桓,(五)松高對阮,(六)未辨為鄰地。長干白下(均為舊金陵地名),青樓珠閣,往往夢中槐蟻。(七)卻不如、窪(wā)尊(本指中間窪陷的岩石,其形似酒尊故名,此處指酒尊)放滿,老夫未醉。

(一) 鄭文焯云:近世詞家,務為雕絢,意製淺疏,以為倚聲中別有取字一格。元明以降,益用胸馳臆斷,文不雅馴。觀於清真、白石諸大家,無一字無來歷,盡從唐人詩句翦裁而出,使讀者但驚歎於清妙而已。

(二) 楊惲詩:"田彼南山,蕪穢不治,種一頃豆,落而為萁。人生行樂耳,須富貴何時?"(詩載於其《報孫會宗書》)

(三) 杜甫《醉時歌》:"諸公袞袞登臺省。"

(四)《史記·老子列傳》:老子者,楚苦縣厲鄉曲仁里人也,姓李氏。又云:於是老子迺著書上下篇,言道德之意五千餘言而去,莫知所終。

(五)《世說新語》:桓溫自江陵北伐,行經金城,見少為瑯琅時所種柳皆已十圍,慨然曰:"木猶如此,人何以堪?"攀枝執條,泣然流涕。

(六) 鄭文焯云:老杜詩,"松高擬對阮生論"。(句出杜甫《絕句四首·其一》。按,此處典出阮籍《詠懷》詩:"瞻仰景山松,可以慰吾情")

(七)《樂善錄》(南宋李昌齡撰,是摘錄他書匯集而成的勸善記小說集,多載鬼怪之事)云:淳于棼尝晝寢,夢二紫衣吏,引自宅南古槐下入,俄至一城,榜曰:大槐安國。王以公主妻之,令典南柯郡。無何,公主死,方悲悼間,忽然驚覺,令發槐下,果有一穴,中有臺,色亦如丹,二大蟻處之。又窮其穴東上南枝,即南柯郡也。大駭,掩之。①

---

① 按,此為傳奇小說《南柯太守傳》,載於宋初所編大型類書《太平廣記》卷四七五,篇名題為《淳于棼》,注云"出《異聞錄》",又据文末作者自述,應是唐人李公佐撰。

虞 美 人

括①蒼(古縣名。在今浙江麗水東南,因括蒼山得名)煙雨樓,石湖居士(即范成大)所造也。風景似越之蓬萊閣(指宋代紹興府臥龍山的蓬萊閣,為五代時吳越王錢鏐所建),而山勢環繞,峯嶺高秀過之。觀居士題顏(指范成大為煙雨樓的題額),且歌其所作《虞美人》,(一)夔亦作一解。(今存范成大所作《虞美人》無涉煙雨樓者,其詞已佚)

闌干表立蒼龍背。三面攙天翠。(二)東游纔上小蓬萊,(三)不見此樓煙雨未應回。

而今指點來時路,卻是冥濛(昏暗不明貌)處。老仙鶴馭幾時歸?未必山川城郭是耶非。(四)

(一)沈遜齋本"所作"下無"虞美人"三字。

(二)"攙",沈遜齋本作"巉"。鄭文焯云:"巉",陸本作"攙",非是。

(三)"纔",沈遜齋本作"繞"。鄭文焯云:作"繞"譌。

(四)《續搜神記》(舊題東晉陶潛撰,其書多有陶潛身後之事,固是僞托,但亦為宋代以前舊籍):遼東門有華表柱,忽有一鶴集,徘徊空中,言曰:"有鳥有鳥丁令威,去家千歲今來歸。城郭如故人民非。何不學仙去,空伴冢累累。"遂上沖天。(按,此處用典意懷故人,時范成大已卒)

---

① 按,"括",原本誤作"栝"。

永遇樂

北固樓次稼軒韻。(一)

雲隔迷樓(故址在揚州西北,與鎮江北固山隔江相望,樓為隋煬帝所造,結構複雜,易使人迷失,故稱迷樓),(二)苔封很石(狀如伏羊,在北固山甘露寺內,相傳孫權、劉備共論曹操曾坐此石),(三)人(指隋煬帝、孫權、劉備)向何處?數騎秋煙,一篙寒汐①,千古空來去。使君(漢代對州郡刺史的稱呼,此指辛棄疾)心在蒼厓(同"崖")綠障,苦被北門留住②。有尊中酒差可飲③,大旗盡繡熊虎。

前身諸葛,來游此地,數語便酬④(報答)三顧。(四)樓外冥冥,江皋隱隱,認得征西路(桓溫西征蜀地,得勝回後官拜征西大將軍,在京口一代北伐前秦)。中原生聚,神京耆舊(北宋都城汴京父老),南望長淮金鼓(金即金鉦,用以收兵,鼓用以進攻。此指北伐出征號令)。(五)問當時依依種柳,至今在否?(六)

(一)"樓",許增云:"祠堂本"作"亭"。

"北固樓次稼軒韻",沈遜齋本作"次韻稼軒北固樓"。鄭文焯

---

① 按,"汐",原本誤作"沙"。

② 按,"門",原本誤作"風"。據《舊唐書·裴度傳》載:開成二年,裴度以本官兼任太原尹、北都留守、河東節度使,皇帝遣使宣旨曰:"卿雖多病,年未甚老,為朕臥鎮北門可也。"此指辛棄疾官京口,為國鎮守北邊門戶。

③ 《世説新語·捷悟》引《南徐州記》曰:徐州人多勁悍,號精兵,故桓温常曰:"京口酒可飲,箕可用,兵可使。"

④ 按,原本脱"酬"字。

云:以後二解例之,則沈本當是旧題。①

(二)"隔",沈遜齋本作"鬲"。

(三)"很",沈遜齋本作"狠"。

(四)《蜀志·諸葛亮傳》,《出師表》云:"先帝不以臣卑鄙,猥自枉屈,三顧臣於草廬之中。"

(五)"長",沈遜齋本作"青"。

(六)庾信《枯樹賦》,桓大司馬聞而歎曰:"昔年種柳,依依漢南;今看搖落,悽愴江潭。樹猶如此,人何以堪?"

水調歌頭

富覽亭(在永嘉郭公山)永嘉(今浙江溫州)作。

日落愛山紫,沙漲省潮回。平生夢猶不到,一葉(小舟)眇(通"渺",遙遠)西來。欲訊桑田成海(葛洪《神仙傳·王遠》:麻姑自説云:"接待以來,已見東海三為桑田"),人世了無知者,魚鳥兩相猜。(一)天外玉笙杳,子晉只空臺。(二)

倚闌干,二三子,總仙才。爾歌遠游章句,(三)雲氣(形容文章詩句飄逸、優美)入吾杯。不问王郎五馬,(四)頗憶謝生雙屐,(五)處處長青苔。東望赤城近,(六)吾興亦悠哉。

(一)"猜",沈遜齋本作"推"。鄭文焯云:作"猜"是。

---

① 辛棄疾《永遇樂·京口北固亭懷古》原詞為:"千古江山,英雄無覓,孫仲謀處。舞榭歌臺,風流總被,雨打風吹去。斜陽草樹,尋常巷陌,人道寄奴曾住。想當年,金戈鐵馬,氣吞萬里如虎。　元嘉草草,封狼居胥,赢得倉皇北顧。四十三年,望中猶記,烽火揚州路。可堪回首,佛狸祠下,一片神鴉社鼓。憑誰問,廉頗老矣,尚能飯否?"

(二)《後漢書·王喬傳》注(當為《後漢書》卷八十二《方術列傳》注):王子喬,周靈王太子晉也,好吹笙,作鳳鳴。游伊洛間,道士浮丘公接上嵩山。三十餘年後,來於山上,告桓良曰:"告我家,七月七日待我緱[gōu]氏山頭。"果乘白鶴駐山巔,望之不得到,舉手謝時人而去。(事見《列仙傳》卷上。按,據傳永嘉亦有王子喬吹笙臺,故此提及)

(三)屈原有《遠游篇》。

(四)《潘子真詩話》[①]:漢制太守駟馬而已。其有加秩中二千石乃右驂,故以五馬為太守美稱。許顗《彥周詩話》[②]云:五馬事無知之者。陳正敏(北宋人,生卒不詳,自號遁翁,福建延平人。著有《遯齋閒覽》、《劍溪野語》)云:"孑孑干旟,在浚之都,素絲組之,良馬五之。"(句出《詩經·干旄》)以謂州長建旟(yú,古代九旗之一。上畫鳥隼圖案,進軍時所用),作太守事。又《漢官儀》(二卷,原為十卷,東漢軍謀校尉應劭撰。漢獻帝遷許,舊章湮滅,書記罕存,應劭乃作此書)注:"駟馬加左驂右騑,二千石有左驂,以為五馬。"然前輩楊、劉、李、宋(此處當指楊億、劉筠、李宗諤、宋綬四位宋前期著名文士),最號知僻事,豈不知讀《漢官儀》注而疑之邪?故存之不敢以為是,以俟後之知者。《宋書·謝靈運傳》:"(靈運)常自始寧南山伐木開逕,直至臨海,從者數百人。臨海太守王琇驚駭,謂為山賊,徐知是靈連乃安。"王郎當指太守王琇(出於高門琅邪王氏,王導曾孫,王謐之子,生活於東晉、劉宋之際)也,或云:王羲之嘗為永嘉太守,王郎指羲之也。

---

① 《潘子真詩話》,宋代詩論著作,一卷,潘淳撰。淳字子真,新建(今屬江西)人,《江西通志》卷一三四稱其"少穎異,好學不倦,淹貫經史百家之言,師事黃庭堅,尤工詩"。原書久佚,今人郭紹虞自《苕溪漁隱叢話》等書中輯得三十七則,見《宋詩話輯佚》。書中多考辨來歷、出處,亦重視句法、聲韻,持論頗近於江西詩派。

② 《彥周詩話》,一名《許彥周詩話》。宋人許顗撰,一卷。顗字彥周,襄邑(今河南睢縣)人,約生活於兩宋之交。此編成書於南宋初,約一百四十條,以評論唐宋詩人為主,兼及六朝,又雜神怪幻夢之事。論詩本於蘇軾、黃庭堅,品評詩作多中肯之見。

（五）《宋書·謝靈連傳》：登躡常著木履，上山則去前齒，下山則去其後齒。

（六）《文選》，孫綽[1]《天台山賦》[2]："赤城霞起而建標。"

漢宮春

次韻稼軒[3]。

雲曰[4]歸歟（猶言歸隱，《論語·公冶長》：子在陳，曰："歸歟！歸歟！吾党之小子狂簡，斐然成章，不知所以裁之"），縱垂天曳曳（連綿不斷貌），終反衡廬（衡山、廬山，代指歸隱之地）。揚州十年一夢，（一）俛仰差殊（俯仰之間世事變遷）。秦碑越殿（指秦始皇會稽山刻石及古時越國的宮殿遺跡），悔舊游作計全疏（疏失）。（二）分付與高懷老尹（指辛棄疾，尹指府尹，辛棄疾時任紹興知府，故稱），管弦絲竹寧無。

知公愛山入剡，若南尋李白，問訊何如？（三）年年雁飛波上，愁亦關予。臨皐（臨皋亭在黃岡縣南，長江邊）攜客，向月

---

① 孫綽（314－371），字興公，太原中都（今山西平遙）人，家於會稽。初任著作佐郎，終廷尉卿、領著作郎。博學善屬文，少有高志，然多穢行，時人鄙之。原集已佚，明人輯有《孫廷尉集》。事跡詳見《晉書》卷五六《孫綽傳》。

② 按，當爲《遊天台山賦》。

③ 此指辛棄疾在宋寧宗嘉泰三年（1203）知紹興府兼浙江東路安撫使任內，所作《漢宮春·會稽秋風亭觀雨》一詞，全文為："亭上秋風，記去年嫋嫋，曾到吾廬。山河舉目雖異，風景非殊。功成者去，覺團扇、便與人疏。吹不斷，斜陽依舊，茫茫禹跡都無。　千古茂陵詞在，甚風流章句，解擬相如。只今木落江冷，眇眇愁余。故人書報，莫因循、忘卻蓴鱸。誰念我，新涼燈火，一編太史公書。"按，當時和此詞者尚多，據姜夔友人張鎡和本詞小序所言，其事緣起為："稼軒帥浙東，作秋風亭成，以長短句寄余。"

④ 按，"曰"，原本誤作"日"。

邊攜酒攜鱸。[四] 今但借秋風(指辛棄疾所建秋風亭)一榻,公歌我亦能書。(姜夔善書法,陶宗儀《書史會要》稱:"姜堯章書法迴脫脂粉,一洗塵俗,有如山人隱者,难登廟堂")

(一) 杜牧《遣愁》詩:"十年一覺揚州夢,贏得青樓薄倖名。"

(二) "疏",沈遜齋本作"疎"。

(三) 杜甫《送孔巢父詩》(該詩原題《送孔巢父謝病歸游江東兼呈李白》):"南尋禹穴見李白,道甫問訊今何如?"

(四) 蘇軾《後赤壁賦》:步自雪堂,將歸於臨皋,二客從予過黄泥之坂。又云:已而歎曰:"有客無酒,有酒無肴,月白風清,如此良夜何?"客曰:"今者薄暮,舉網得魚,巨口細鱗,狀如松江之鱸,顧安所得酒乎?"歸而謀諸婦,婦曰:"我有斗酒,藏之久矣,以待子不時之須。"於是攜酒與魚,復游於赤壁之下。

又

次韻稼軒蓬萊閣①(即紹興卧龍山蓬萊閣,五代時吳越王錢鏐所建)。

一顧傾吳,苧蘿人不見,[一] 煙杳②重湖(指紹興鑒湖)。當時事如對奕(指吳越相爭),此亦天乎。大夫仙去③,笑人間、千古須臾。有倦客、扁舟夜泛,猶疑水鳥相呼。

---

① 辛棄疾《漢宫春·會稽蓬萊閣觀雨》:"秦望山頭,看亂雲急雨,倒立江湖。不知雲者為雨,雨者雲乎。長空萬里,被西風、變滅須臾。回首聽、月明天籟,人間萬竅號呼。　誰向若耶溪上,倩美人西去,麋鹿姑蘇。至今故國人望,一舸歸歟。歲月暮矣,問何不鼓瑟吹竽。君不見、王亭謝館,冷煙寒樹啼烏。"

② 按,"杳",原本誤作"查"。

③ 大夫指越大夫文種。文種助越滅吳,功成,范蠡勸其隱退,文種不聽,後被越王勾踐所殺,其墓據傳即在卧龍山。一説文種化成錢塘潮潮水神,故曰"仙去"。

秦山(即秦望山,秦始皇曾登臨望海)對樓自綠,怕越王故壘(即越王臺等遺跡,在臥龍山之西),時下樵蘇(采薪曰樵,采草曰蘇)。只今倚闌一笑,然則非與。小叢解唱[1],倩松風為我吹竽。更坐待、千巖月落,城頭眇眇(微小,遠而不清)啼鳥。

(一)《越絕書》:美人宮周五百九十步,今北壇利里丘土城,句踐所習教美女西施、鄭旦宮臺也。女出於苧蘿山,欲獻於吳,自謂東垂僻陋,恐女樸鄙,故近大道居。李白詩:"西施越中女,出自苧蘿山"(句出李白《詠苧蘿山》,原句作"西施越溪女,出自苧蘿山")。

---

① 小叢,唐大中間紹興歌妓。計有功《唐詩紀事》卷五九載:"李尚書訥為浙東廉使,夜登越城樓,聞歌曰:'雁門山上雁初飛。'其聲激切。召至,曰:'去籍之妓盛小叢也。'時察院崔侍御元範,自府幕赴闕庭,李餞之,命小叢歌餞,在座各為一絕贈送之。"此處指辛棄疾侍女。

圖書在版編目(CIP)數據

白石道人詞箋平 / 陳柱編;陳曄校注.
--上海:華東師範大學出版社, 2016
(經典與解釋·陳柱集)
ISBN 978-7-5675-5560-0

I. 白… II. ①陳…②陳… III. ①姜夔(約 1155-約 1221)-宋詞-文學研究 IV. ①I207.23

中國版本圖書館 CIP 數據核字(2016)第 175938 號

華東師範大學出版社六點分社

企劃人　倪為國

陳柱集

白石道人詞箋平

編　　者　陳　柱
校 注 者　陳　曄
審讀編輯　李　娟
責任編輯　彭文曼
封面設計　吳元瑛

出版發行　華東師範大學出版社
社　　址　上海市中山北路 3663 號　　郵編　200062
網　　址　www.ecnupress.com.cn
電　　話　021-60821666　行政傳真　021-62572105
客服電話　021-62865537　門市(郵購)電話　021-62869887
地　　址　上海市中山北路 3663 號華東師範大學校內先鋒路口
網　　店　http://hdsdcbs.tmall.com

印 刷 者　上海盛隆印務有限公司
開　　本　890×1240　1/32
插　　頁　2
印　　張　5.5
字　　數　105 千字
版　　次　2016 年 9 月第 1 版
印　　次　2016 年 9 月第 1 次
書　　號　ISBN 978-7-5675-5560-0/I.1576
定　　價　29.80 元

出 版 人　王　焰

(如發現本版圖書有印訂質量問題,請寄回本社客服中心調換或電話 021-62865537 聯繫)

張居正奏疏集

[明] 張居正◎著

潘林◎校注

張居正學問淵洽，著述宏富。《張居正奏疏集》彙編各主要版本《張居正集》中的奏疏，並從散見於明代以來的諸多文獻中輯佚，特別是輯自《萬曆起居注》的一〇七篇奏疏。該書通過核實《萬曆起居注》、《明實錄》等文獻，確定張居正各奏疏時間，於難解字詞、人名地名、典章制度等，作簡明注釋。

張居正書牘集 [待出]

張居正文集（附女誡直解） [待出]

張居正詩集・附録 [待出]

論語集注補正述疏

[清] 簡朝亮◎著

唐明貴 / 趙友林◎校注

《論語集注補正述疏》一書乃簡朝亮課徒之講稿，歷十年寫成，由群弟子贊助刊行。該書首列《論語》經文，次錄朱熹《論語集注》全文，後以“述曰”加以闡述，對其中有異義及難懂之處尤詳加釋疑. 簡氏“述疏”基本由兩部分組成：一疏通、補正朱熹《論語集注》，解讀翔實，資料豐富；二注釋字音，以便讀者。所附《讀書堂答問》一卷，共二百五十六條，是簡氏平日講學時答諸弟子問，由弟子記載而成，在內容上與“述疏”正文雖偶有重複，但相得益彰，可堪補足。

經學五書

[清] 萬斯大◎著

溫顯貴◎校注

《經學五書》乃萬斯大論《禮》釋《春秋》的著述，又稱《萬氏經學五書》、《萬充宗先生經學五書》，共十八卷、附錄一卷，包括《學禮質疑》、《禮記偶箋》、《儀禮商》、《周官辨非》、《學春秋隨筆》。其說禮諸書，融會貫通，不拘漢宋諸儒舊說，多正前人之誤。其言《春秋》，或主於專傳、或專在論世、或屬辭比事、或原情定罪。由於其學根柢於《三禮》，故其釋《春秋》，也多以《禮經》為根據。全書或解駁前賢成說，或考辨古禮根源，或條列禮經節目，或詰難諸經抵牾，推求原始，自陳己見，為禮學研究史上不可輕視之作。

漢晉學術編年

劉汝霖◎著

《漢晉學術編年》時間從漢高祖元年（西元前 204 年）至晉愍帝建興四年（西元 316 年）。書中將各項事蹟分志於各年之內，後附出處、考證，注明史料出處，考證學者身世；又有附錄一項，載各種圖表，說明學者傳授次第、著述、各派學術統系、各派學說內容和特點等；並在書末附有人名索引和分類索引。

東晉南北朝學術編年

劉汝霖◎著

本書是民國學者劉汝霖繼《漢晉學術編年》後完成的又一部學術編年體著作。該書時間年限從東晉元帝建武元年（西元 317 年）至南陳後主禎明二年（即隋文帝開皇八年，西元 588 年），共六卷。書中將各項學術事件，分志於各年之內，後附出處、考證，注明史料出處，考證學者身世：又有附錄一項，載各種圖表，說明學者傳授次第、著述、各派學術統系、優劣異同、各派學說內容和特點；並在書末附有人名索引和分類索引。

經解入門

[清] 江藩◎著

周春健◎校注

本書舊題清代學者江藩所撰，以深入淺出方式全面介紹閱讀經學書籍的基本常識和方法。全書五十二章，有如五十二條讀書規章，是當今學子瞭解經學很好的入門讀物。阮元為其作序，評價甚高。此校注本以一九七七年臺灣廣文書局《國學珍籍彙編》本為底本，重加新式標點，對書中部分語詞及文史常識作簡明注釋，以疏通文義，提供給廣大國學尤其是經學讀者。

經學卮言

[清] 孔廣森◎著

楊新勳◎校注

《經學卮言》是孔廣森撰寫的一部群經總義類著作，涉及《易》、《書》、《詩》、《爾雅》、《論語》、《孟子》和《左傳》，自問世以來，產生了較為廣泛的影響，但從未有單行本。此次整理以南京圖書館藏嘉慶二十二年(1817)刊《顨軒孔氏所著書》本為底本，《清經解》和《續修四庫全書》本為參校本，詳作校勘；並對文中部分疑難字詞、人名地名以及引文出處等稍作注釋，以便於今天讀者閱讀和理解。

三家詩遺說

[清] 馮登府◎著

房瑞麗◎校注

《三家詩遺說》是清人學者馮登府輯佚三家《詩》說的一部重要著作，也是馮登府探尋三家《詩》義及其三家《詩》研究的總結。此次由房瑞麗整理、校注，出版單行本，將有助於學界深入理解和研究三家《詩》。

橫陽札記

[清] 吳承志◎著

羅淩◎校注

《橫陽札記》是晚清學者吳承志的讀書札記，貫徹了吳氏實事求是、無徵不信的治學原則。吳氏精通小學，一字一理，以文字、音韻、訓詁會通箋注，同時旁徵博引，臚列大量內證、外證文獻材料，窮源竟委，並充分考慮原文獻體例，予以周密詮解。故結論大多周詳精審，讀之曉暢明白。吳氏又受西學東漸學風影響，視野開闊，能聯繫歷史現實，縱橫捭闔，以史為鑒，以時參照。本書以廣文書局據《求恕齋叢書》影印之本為底本點讀，並簡明注釋。